T0203524

La doble vida
de Arsène Lupin

La doble vida
de Arsène Lupin

Maurice Leblanc

Traducción de
Lorenzo Garza

Rocaeditorial

Título original: *813. La double vie d'Arsène Lupin*

© Maurice Leblanc, 1910

Primera edición en este formato: febrero de 2021

© de la traducción: Lorenzo Garza
© del diseño e ilustración de cubierta: Ignacio Ballesteros

© de esta edición: 2021, Roca Editorial de Libros, S. L.
Av. Marquès de l'Argentera, 17, pral.
08003 Barcelona
actualidad@rocaeditorial.com
www.rocalibros.com

ROCA EDITORIAL reconoce los derechos de autor que puedan
corresponder a los propietarios no localizados a la fecha de la publicación
de esta edición y se compromete, en caso de ser localizados, a negociar
con ellos las compensaciones económicas que de acuerdo con las
condiciones habituales de contratación pudieran corresponderles.

Impreso por Black Print CPI Ibérica SL

ISBN: 978-84-17821-82-1
Depósito legal: B-2925-2021
Código IBIC: FA, FH

RB21821

1

Una matanza

I

El señor Kesselbach se detuvo en seco en el umbral del salón, cogió del brazo a su secretario y murmuró con voz inquieta:

—Chapman, alguien ha entrado aquí de nuevo.

—Vamos, vamos, señor —protestó el secretario—; usted mismo acaba de abrir la puerta de la antecámara y, mientras nosotros almorzábamos en el restaurante, la llave no ha salido de su bolsillo.

—Chapman, alguien ha entrado aquí de nuevo —repitió el señor Kesselbach.

Y señaló un saco de viaje que se encontraba sobre la chimenea.

—Vea, la prueba está ahí. Ese saco estaba cerrado, y ahora no lo está.

Chapman alegó:

—¿Está usted totalmente seguro de haberlo cerrado, señor? Además, ese saco no contenía sino objetos sin valor, cosas de tocador…

—No contiene más que eso porque yo retiré de él mi cartera antes de salir, por precaución… sin lo cual… No, yo se lo digo, Chapman, alguien ha entrado aquí mientras nosotros almorzábamos.

En la pared había un teléfono. Descolgó el auricular, y dijo:

—Oiga… Es una llamada del señor Kesselbach… del apartamento cuatrocientos quince… Eso es… Señorita, tenga la bondad de pedir la prefectura de policía… El servicio de seguridad… Usted no necesita que yo le dé el número, ¿verdad? Bien, muchas gracias… Espero al aparato.

Un minuto más tarde proseguía:

—¿Oiga? ¿Oiga? Quisiera hablarle unas palabras al señor Lenormand, el jefe de Seguridad. Es de parte del señor Kesselbach… ¿Oiga? Pues sí, el jefe de Seguridad sabe de lo que se. Trata; llamo con autorización suya… ¡Ah! No está ahí… Entonces, ¿con quién tengo el honor de hablar? ¡Ah! Con el señor Gourel, inspector de policía… Me parece, señor Gourel, que usted asistió ayer a mi entrevista con el señor Lenormand… Pues bien, señor, el mismo hecho se ha repetido hoy. Alguien ha entrado en el apartamento que yo ocupo. Y si usted viniera ahora mismo, quizá pudiera descubrir conforme a los indicios… ¿De aquí a una hora o dos? Perfectamente. Usted no tiene más que hacer que le indiquen el apartamento cuatrocientos quince. Una vez más, muchas gracias.

De paso por París, Rudolf Kesselbach, el *Rey de los diamantes*, como le llamaban —o, según otro sobrenombre, el *Amo del Cabo*—, hombre multimillonario —se calculaba su fortuna en más de cien millones—, ocupaba desde hacía una semana, en el cuarto piso del hotel Palace, el apartamento 415, compuesto de tres habitaciones, de las cuales las dos más grandes a la derecha, el salón y el dormitorio principal, tenían vistas a la avenida, en tanto que la otra, a la izquierda, que utilizaba el secretario Chapman, daba a la calle Judée.

A continuación de esta estancia había reservadas otras cinco habitaciones, que debería ocupar la señora Kesselbach, quien saldría de Montecarlo, donde actualmente se encontraba, para reunirse con su marido, al primer aviso que este le diera.

Durante unos minutos, Rudolf Kesselbach se paseó por la estancia con aire preocupado. Era un hombre de elevada estatura, de rostro colorado, todavía joven y a quien los tiernos y soñadores ojos, cuyo azul se percibía a través de las gafas de montura dorada, daban una expresión de dulzura y timidez, que contrastaba con la energía de la frente cuadrada y de la mandíbula ósea.

Se dirigió a la ventana y comprobó que estaba cerrada. Además, ¿cómo hubiera podido nadie entrar por allí? El balcón privado que rodeaba el apartamento quedaba cortado a la derecha, y a la izquierda estaba separado de los balcones que daban a la calle Judée mediante una pared de piedra.

Pasó a su dormitorio. Este no tenía ninguna comunicación con las habitaciones vecinas. Luego se dirigió a la habitación de su secretario. La puerta de esta, que daba acceso a las cinco habitaciones reservadas para la señora Kesselbach, estaba cerrada y con el cerrojo echado.

—No comprendo nada, Chapman; ya van cinco veces que compruebo aquí cosas… cosas extrañas, confesará usted. Ayer fue mi bastón lo que cambiaron de lugar… Anteayer, estoy seguro que alguien anduvo en mis papeles… No obstante, ¿cómo es posible todo eso?

—Es imposible, señor —manifestó Chapman, cuyo plácido rostro de hombre honrado no mostraba señal alguna de inquietud—. Usted supone y eso es todo… usted no tiene ninguna prueba… nada más que impresiones… Y, además, ¿qué?… En este apartamento no se puede entrar más que por la antecámara… Sin embargo, usted mandó hacer una llave especial el día de su llegada y solo su criado, Edwards, tiene el doble de esa llave. ¿Tiene confianza en él?

—¡Caramba! Desde hace diez años está a mi servicio… Pero, además, Edwards almuerza al mismo tiempo que nosotros, y eso es un error. En el futuro solamente bajará después que nosotros hayamos regresado.

Chapman se encogió ligeramente de hombros. Decididamente, el Amo del Cabo se ponía un poco raro con sus inexplicables temores. ¿Qué riesgo puede correrse en un hotel cuando, sobre todo, no se lleva encima o no se guarda cerca de uno ningún valor ni ninguna suma importante de dinero?

Oyeron que se abría la puerta del vestíbulo: era Edwards.

El señor Kesselbach le llamó.

—¿Está usted de librea, Edwards? ¡Ah! Muy bien. No espero ninguna visita hoy, Edwards… o, más bien, sí, una visita, la del señor Gourel. Hasta ese momento permanezca en el vestíbulo y vigile la puerta. Nosotros, el señor Chapman y yo, vamos a trabajar en serio.

El trabajo en serio duró unos instantes, en el curso de los cuales el señor Kesselbach examinó su correo, leyó tres o cuatro cartas e indicó las respuestas que había que darles. Pero, de pronto, Chapman, que esperaba con la pluma en alto, se dio cuenta de que el señor Kesselbach pensaba en cosas muy distintas a su correo.

Tenía entre sus dedos, y lo contemplaba con la mayor atención, un alfiler negro doblado en forma de anzuelo.

—Chapman —dijo—. Vea usted lo que he encontrado sobre la mesa. Es evidente que esto significa alguna cosa… este alfiler curvado. He aquí una prueba, un elemento de convicción. Y ya no puede usted pretender que no ha entrado nadie en este salón. Porque, en fin, este alfiler no ha llegado aquí por sí solo.

—En verdad que no —respondió el secretario—. Ha llegado aquí gracias a mí.

—¿Cómo es eso?

—Sí, es un alfiler con el que sujetaba mi corbata a mi cuello. Yo me lo quité anoche mientras usted leía y lo doblé maquinalmente.

El señor Kesselbach se levantó muy molesto, dio algunos pasos y se detuvo.

—Usted, Chapman, sin duda se ríe… y tiene usted razón… No lo discuto, yo resulto más bien… un excéntrico desde mi último viaje a El Cabo. Es que… bueno… usted no sabe lo que hay de nuevo en mi vida… un proyecto formidable… una cosa enorme… que yo no veo todavía sino entre la niebla del porvenir, pero que, no obstante, se diseña… y que será colosal… ¡Ah! Chapman, usted no puede imaginarse. El dinero ya no me importa, tengo bastante… tengo demasiado… Pero esto es más que el dinero, es el poderío, la fuerza, la autoridad. Si la realidad responde a lo que yo presiento, no seré solamente el Amo del Cabo, sino el amo también de los demás reinos… Rudolf Kesselbach, el hijo del calderero de Augsburgo, podrá caminar al mismo nivel de muchas personas que hasta ahora lo trataron como a un inferior… Incluso podrá caminar por encima de ellos, Chapman, encima de ellos, esté seguro… y si alguna vez… Se interrumpió. Miró a Chapman cual si lamentara haber hablado demasiado, pero, no obstante, arrastrado por aquel impulso de confidencias, concluyó:

—Usted comprende, Chapman, las razones de mi inquietud… Allá en el fondo del cerebro hay una idea de alto valor… y esa idea la sospechan quizá… y se me espía… tengo la convicción de ello…

Sonó el ruido de un timbre.

—El teléfono —dijo Chapman.

—Acaso, por casualidad —murmuró Kesselbach—, será...

Tomó el auricular.

—¿Diga?... ¿De parte de quién? ¿El Coronel?... ¡Ah! Sí, soy yo... ¿Hay novedades?... Magnífico... Entonces le espero a usted... ¿Vendrá con sus hombres? Magnífico... Oiga. No, no nos molestarán... ya voy a dar las órdenes necesarias... Entonces, ¿la cosa es tan grave?... Le repito que la consigna será formal... mi secretario y mi criado guardarán la puerta y nadie entrará. Usted ya conoce el camino, ¿verdad? En consecuencia, no pierda ni un solo minuto.

Colgó el auricular, y seguidamente dijo:

—Chapman, van a venir dos señores... Sí, dos señores... Edwards los hará entrar...

—Pero ¿y... el señor Gourel, el brigadier?...

—Ese llegará más tarde... dentro de una hora... Y además, de todos modos, no hay obstáculo en que se vean unos y otros. Por tanto, que Edwards vaya inmediatamente a la oficina del hotel y avise. Que digan que no estoy para nadie... salvo para dos señores, el Coronel y su amigo, y para el señor Gourel. Que tomen nota de los nombres.

Chapman cumplimentó la orden. Cuando regresó de hacerlo, encontró al señor Kesselbach con un sobre en la mano, o más bien una pequeña bolsa de tafilete negro, y que, a juzgar por la apariencia, estaba sin duda vacía. El señor Kesselbach parecía dudar cual si no supiera qué hacer. ¿Iba a meterla en su bolsillo, o a depositarla en algún otro lugar?

Por fin, se acercó a la chimenea y arrojó la bolsita de cuero dentro de su saco de viaje.

—Acabemos con el correo, Chapman. Disponemos de diez minutos. ¡Ah! Una carta de la señora Kesselbach. ¿Cómo es que usted no me lo indicó, Chapman? ¿No había usted reconocido acaso la letra?

No ocultaba la emoción que experimentaba en tocar y contemplar aquella hoja de papel que su esposa había tenido entre sus dedos y en la cual había vertido algo de sus pensamientos íntimos. Respiró el perfume que despedía, y luego de abrirla la leyó lentamente a media voz, por temor a que Chapman le oyera.

Estoy un poco cansada… no salgo de mi habitación… me aburro… ¿Cuándo podré reunirme contigo? Tu telegrama será bienvenido…

—¿Telegrafió usted esta mañana, Chapman? Por tanto, la señora Kesselbach estará aquí mañana miércoles.

Parecía lleno de alegría, como si el peso de sus asuntos se hubiera súbitamente aligerado y cual si se hubiera visto libre de toda inquietud. Se frotó las manos y respiró largamente, como un hombre fuerte, seguro de triunfar, un hombre feliz que poseía la felicidad y que tenía talla suficiente para defenderse.

—Llaman, Chapman… llamaron en el vestíbulo. Vaya a ver.

Pero entró Edwards, y dijo:

—Dos caballeros preguntan por el señor. Son las personas…

—Ya sé. ¿Están en la antecámara?

—Sí, señor.

—Vuelva a cerrar la puerta de la antecámara y no abra más… salvo cuando venga el señor Gourel, brigadier de seguridad. Y usted, Chapman, vaya a buscar a esos señores y dígales que yo quisiera primeramente hablar con el Coronel… con el Coronel a solas.

Edwards y Chapman salieron, cerrando tras ellos la puerta del salón. Rudolf Kesselbach se dirigió a la ventana y apoyó la frente contra el cristal de aquella.

Afuera, por debajo de él, los coches de caballos y los automóviles rodaban en surcos paralelos que marcaba la doble línea de los andenes.

El sol claro de primavera hacía chispear los metales y los barnices de los carruajes.

En los árboles apuntaba el verdor, y los botones de los castaños comenzaban a desplegar sus pequeñas hojas nacientes.

—¿Qué diablos hará Chapman? —murmuró el señor Kesselbach—. Tanto tiempo ya lleva hablando...

Tomó un cigarrillo de encima de la mesa, y luego, cuando ya lo hubo encendido, le dio unas chupadas. Se le escapó un ligero grito.

Cerca de él, en pie, se hallaba un hombre a quien no conocía en absoluto.

Dio un paso atrás.

—¿Quién es usted?

El individuo era un hombre correctamente vestido, más bien elegante, con el cabello y el bigote negros y unos ojos duros —sonrió maliciosamente.

—¿Qué quién soy yo? Pues el Coronel...

—No, no, aquel a quien yo llamo así, el que me escribe con su firma... convenida... no es usted.

—Sí, sí... el otro no era sino... Pero vea usted, señor, todo eso no tiene ninguna importancia. Lo esencial es que yo sea... yo. Y yo le juro que lo soy.

—Pero, en suma, señor, ¿quién es usted?

—El Coronel... hasta nueva orden.

Un miedo creciente invadía al señor Kesselbach. ¿Quién era aquel hombre? ¿Qué quería de él?

Llamó:

—¡Chapman!

—Qué idea más absurda llamar. ¿Acaso no le basta con mi compañía?

—Chapman —gritó de nuevo el señor Kesselbach—. ¡Chapman! ¡Edwards!

—¡Chapman! ¡Edwards! —dijo a su vez el desconocido—. ¿Qué hacen ustedes, amigos míos? Les llaman aquí.

—Señor, le ruego, le ordeno que me deje pasar.

—Pero, querido señor, ¿quién se lo impide?

Y se apartó con toda corrección. El señor Kesselbach avanzó hasta la puerta, la abrió y bruscamente dio un salto atrás. Delante de aquella puerta había otro hombre empuñando una pistola.

Balbució:

—Edwards… Chap…

No acabó de pronunciar la palabra. En un rincón de la antecámara había percibido, extendidos uno junto al otro, amordazados y amarrados con ligaduras, a su secretario y a su criado.

El señor Kesselbach, a pesar de su naturaleza inquieta e impresionable, era valiente, y esto y la sensación de un peligro evidente le devolvieron todo su ánimo y toda su energía.

Despacio, simulando el mayor espanto y estupor, retrocedió hacia la chimenea y se apoyó contra la pared. Su dedo buscaba el timbre eléctrico. Lo encontró y apretó largamente.

—¿Y después de esto? —le dijo el desconocido.

Sin responder, el señor Kesselbach continuó apretando el botón.

—¿Y después de esto? ¿Espera usted que vayan a venir, que todo el hotel se encuentra alarmado por que usted aprieta ese botón?… Pero, mi pobre señor, vuélvase usted y verá que el cordón eléctrico está cortado.

El señor Kesselbach se volvió vivamente, cual si quisiera darse cuenta, pero con un ademán rápido se apoderó de su saco de viaje, hundió en su interior la mano, sacó un revólver, apuntó hacia el hombre y tiró del gatillo.

—¡Caray! —exclamó el desconocido—. Entonces, ¿usted carga sus armas de aire y de silencio?

Una segunda vez el martillo del revólver chasqueó y luego una tercera. Sin embargo, no se produjo detonación alguna.

—Dispare todavía otras tres veces, Rey del Cabo. Yo no me quedaré satisfecho hasta que tenga seis balas en mi cuerpo. ¡Cómo! ¿Renuncia usted? Qué pena... el cuadro era prometedor...

Echó mano a una silla por el respaldo, la hizo girar, se sentó en ella a horcajadas, y, mostrándole una butaca al señor Kesselbach, le dijo:

—Tómese usted entonces la molestia de sentarse, querido señor, y haga como si estuviera en su propia casa. ¿Un cigarrillo? Para mí, no. Yo prefiero los cigarros puros.

Había sobre la mesa una caja de ellos. Escogió un Upman dorado y bien hecho, lo encendió, e inclinándose dijo:

—Le doy a usted las gracias por este cigarro tan delicioso. Y ahora hablemos, ¿quiere usted?

Rudolf Kesselbach escuchaba estupefacto. ¿Quién era ese extraño personaje? Viéndole tan impasible, sin embargo, y tan locuaz, se tranquilizó poco a poco y comenzó a creer que la situación podría desenlazarse sin violencia ni brutalidad. Sacó de su bolsillo una cartera, la desplegó, mostró un respetable paquete de billetes de banco, y preguntó:

—¿Cuánto?

El otro miró con aire aturdido como si le costara comprender. Luego, al cabo de unos instantes, llamó:

—¡Marcos!

El hombre que empuñaba la pistola se acercó.

—Marcos, este señor tiene la gentileza de ofrecerte esos trapitos para tu amiguita. Acéptalos, Marcos.

Siempre empuñando la pistola con la mano derecha,

Marcos tendió la mano izquierda, recogió los billetes y se alejó.

—Una vez resuelta esta cuestión conforme a sus deseos —prosiguió el desconocido—, vamos ahora al objeto de mi visita. Seré breve y preciso. Ante todo, se trata de una bolsita de tafilete negro que lleva usted generalmente encima. Después, una cajita de ébano que, ayer todavía, se encontraba en el saco de viaje. Procedamos por orden. ¿La bolsita de tafilete?

—Quemada.

El desconocido frunció el entrecejo. Debió experimentar la visión de las buenas épocas en que había medios perentorios para hacer hablar a aquellos que se negaban a hacerlo.

—Sea. Ya veremos eso. ¿Y la cajita de ébano?

—Quemada.

—¡Ah! —gruñó el desconocido—. Usted se está burlando de mí, magnífico señor.

—Ayer, Rudolf Kesselbach, entró usted en el Crédit Lyonnais, en el bulevar de los Italianos, llevando disimulado un paquete debajo de su abrigo. Usted alquiló allí una caja fuerte… seamos exactos: la caja número dieciséis, en la bóveda nueve. Después de haber firmado y pagado, bajó al subterráneo, y cuando volvió arriba ya no llevaba el paquete. ¿Es exacto?

—Absolutamente.

—Entonces la cajita y la bolsita están en el Crédit Lyonnais.

—No.

—Deme usted la llave de su caja fuerte.

—No.

—¡Marcos!

Marcos acudió.

—Anda, Marcos. Aplícale el nudo cuádruple.

Antes de que siquiera tuviese tiempo de ponerse a la defensiva, Rudolf Kesselbach se vio envuelto en un juego de cuerdas que le martirizaban las carnes apenas intentaba debatirse. Sus brazos quedaron inmovilizados a su espalda, su torso amarrado a la butaca y sus piernas rodeadas de bandas como las de una momia.

—Regístrale, Marcos.

Marcos le registró. Dos minutos después, le entregaba a su jefe una pequeña llave plana, niquelada que llevaba los números 16 y 9.

—Excelente. ¿No encontraste la bolsita de tafilete?

—No, jefe.

—Está en la caja fuerte. Señor Kesselbach, tenga la bondad de decirme la clave secreta de la caja.

—No.

—¿Se niega usted?

—Sí.

—¡Marcos!

—Diga, jefe.

—Aplícale el cañón de tu pistola en la sien a este señor.

—Ya está.

—Apoya tu dedo sobre el gatillo.

—Ya está.

—Y bien, mi viejo Kesselbach: ¿estás decidido a hablar o no?

—No.

—Tienes diez segundos, ni uno más. Marcos.

—Diga, jefe.

—Dentro de diez segundos le volarás la tapa de los sesos a este señor.

—Entendido.

—Kesselbach, ya cuento: uno, dos, tres, cuatro, cinco, seis…

Rudolf Kesselbach hizo una seña.

—¿Quieres hablar?

—Sí.

—Ya era hora. Vamos, la clave... la clave de la cerradura...

—Dolor.

—Dolor... Dolor... ¿La señora Kesselbach no se llama Dolores? Queridita... vaya... Marcos, tú vas a hacer lo que ya hemos convenido... Y no cometas ni un solo error, ¿eh? Te lo repito: irás a reunirte con Jérôme en la oficina que tú sabes, le entregarás la llave y le dirás la palabra clave: «Dolor». Iréis juntos al Crédit Lyonnais. Jérôme entrará solo, firmará el registro de identidad, bajará a los subterráneos y traerá todo lo que encuentre en la caja fuerte. ¿Comprendido?

—Sí, jefe. Pero si por casualidad la caja no se abre, si la palabra clave «Dolor»...

—Silencio, Marcos. En el Crédit Lyonnais tú dejarás a Jérôme, regresarás a tu casa y me telefonearás el resultado de la operación. Si por casualidad la clave «Dolor» no abre la caja, entonces mi amigo Kesselbach y yo tendremos una pequeña conversación suprema. Kesselbach, ¿estás seguro de no haberte equivocado en absoluto?

—Sí.

—Entonces es que das por descontada la inutilidad de la pesquisa. Ya veremos eso. Marcos, ahora vete volando.

—¿Y usted, jefe?

—Yo me quedo aquí. ¡Oh! No temas nada. Jamás he corrido menos peligro. ¿Verdad, Kesselbach? ¿La consigna es formal?

—Sí.

—¡Diablos! Me dices eso con un aire muy apurado. ¿Es que estás tratando de ganar tiempo? Entonces, ¿yo sería cogido en la trampa como un idiota?...

Reflexionó, miró a su prisionero y concluyó:

—No… eso no es posible… nadie nos interrumpirá…

No había acabado de pronunciar esas palabras cuando la campanilla del vestíbulo sonó. Violentamente aplicó su mano sobre la boca de Rudolf Kesselbach.

—¡Ah! Viejo zorro. Tú esperabas a alguien.

Los ojos del cautivo brillaron de esperanza.

Se le oyó reír socarronamente bajo la mano que lo asfixiaba. El desconocido se estremeció de rabia.

—Cállate… si no, te estrangulo… Oye, Marcos, amordázalo, rápido… Bueno.

Volvió a sonar la campanilla. El desconocido, fingiendo ser Rudolf Kesselbach y cual si allí estuviera el criado Edwards, gritó:

—Edwards, abre la puerta.

Luego pasó silenciosamente al vestíbulo, y en voz baja, señalando al secretario y al criado, dijo:

—Marcos, ayúdame a llevar a estos dentro del dormitorio… allí… de modo que no pueda vérseles.

Él alzó al secretario y Marcos cargó con el criado.

—Bueno, ahora vuelve al salón.

Siguió detrás de Marcos, pasando de nuevo por el vestíbulo, y dijo en voz muy alta y con un tono sorprendido:

—Pero su criado no está, señor Kesselbach… No, no se moleste usted… termine su carta… Yo mismo iré a abrir…

Y tranquilamente abrió la puerta de entrada.

—¿El señor Kesselbach? —le preguntaron.

Se encontró de cara a una especie de coloso, con rostro alargado y alegre, y los ojos vivos, que se balanceaban de una pierna a la otra y retorcía entre sus dedos los bordes del ala de su sombrero. Respondió:

—Sí, es aquí. ¿A quién debo anunciar?

—El señor Kesselbach ha telefoneado… me espera…

—¡Ah! Es usted… Voy a avisarle. ¿Tiene la bondad de esperar unos segundos?… El señor Kesselbach le atenderá…

Tuvo la audacia de dejar al visitante en el umbral de la puerta de la antecámara, en un lugar desde el cual podía verse por la puerta abierta una parte del salón. Y lentamente, sin siquiera volverse, regresó al salón, y se reunió con su cómplice junto al señor Kesselbach y le dijo:

—Estamos atrapados. Es Gourel, de la seguridad…

El otro empuñó su cuchillo. Él le sujetó el brazo.

—No hagas tonterías. Tengo una idea. Pero, por Dios, compréndeme bien, Marcos, y habla cuando te corresponda… habla como si tú fueras Kesselbach… ¿entiendes, Marcos? Tú eres Kesselbach.

Hablaba con tamaña sangre fría y una autoridad tan importante, que Marcos comprendió, sin más explicaciones, que debía representar el papel de Kesselbach, y entonces, de modo que pudiera ser bien oído, dijo:

—Perdóneme, querido. Dígale al señor Gourel que lo siento infinito, pero que tengo un trabajo extraordinario… Que lo recibiré mañana por la mañana a las nueve… sí… a las nueve exactamente.

—Muy bien —replicó el otro—. No se mueva usted.

Regresó a la antecámara, donde Gourel esperaba. Y le dijo:

—El señor Kesselbach le pide mil perdones. Está terminando un trabajo importante. ¿Puede usted venir mañana por la mañana a las nueve?

Se produjo un silencio, Gourel parecía sorprendido y un tanto inquieto. En el fondo de su bolsillo su mano se crispó. Un solo indicio o un gesto equívoco y lanzaría un golpe.

Por fin, Gourel dijo:

—Sea… Mañana a las nueve… Pero de todos modos… Bien, sí, a las nueve estaré aquí…

Y volviendo a ponerse el sombrero se alejó por el pasillo del hotel. Marcos, en el salón, rompió a reír.

—¡Qué bueno ha estado usted, jefe! ¡Cómo se la ha jugado!

—Apresúrate, Marcos, tienes que salir disparado. Si él sale del hotel, deshazte de él; ve al encuentro de Jérôme, cual está convenido… y telefonéame.

Marcos se fue rápidamente.

Entonces, el desconocido tomó una jarra de agua que estaba sobre la chimenea, se sirvió un vaso grande y la bebió de un trago; mojó su pañuelo y se lo pasó por la frente perlada de sudor, luego se sentó cerca de su prisionero y le dijo con afectada delicadeza:

—Es preciso que yo tenga el honor de presentarme a usted, señor Kesselbach.

Y sacando una tarjeta del bolsillo anunció:

—Arsène Lupin, el caballero ladrón.

II

El nombre del célebre aventurero pareció causar al señor Kesselbach la mejor de las impresiones. Lupin no dejó de observarlo así, y exclamó:

—¡Ah! ¡Ah! ¡Querido señor, usted respira! Arsène Lupin es un ladrón delicado a quien la sangre le repugna y que no ha cometido jamás otro crimen que el de apropiarse de los bienes ajenos… un pecado nada más, ¿verdad?, y usted está diciéndose que él no echará sobre su conciencia un asesinato inútil. De acuerdo… Pero ¿la supresión de la vida de usted será inútil? Todo está en eso. En este momento yo le juro que no bromeo. Vamos, camarada.

Acercó su silla a la butaca, le sacó la mordaza al prisionero y claramente dijo:

—Señor Kesselbach el mismo día de tu llegada a París, entraste en relación con un individuo llamado Barbareux, director de una agencia de informaciones confidenciales, y como actuabas a espaldas de tu secretario, Chapman, el señor Barbareux cuando se comunicaba contigo por carta o por teléfono se llamaba el Coronel. Me apresuro a decirte que Barbareux es el hombre más honrado del mundo. Pero yo tengo la suerte de contar con uno de sus empleados entre mis mejores amigos. Y es así como he averiguado el motivo de tu gestión cerca de Barbareux, y así también como fui inducido a ocuparme de ti y a hacerte, gracias a mis llaves falsas, algunas visitas domiciliarias… en el curso de las cuales… por desgracia… no encontré lo que yo quería.

Bajó la voz y, clavando sus ojos en los del prisionero, escudriñó su mirada, buscando su oscuro pensamiento, y dijo:

—Señor Kesselbach: tú has encargado a Barbareux que descubra en los bajos fondos de París a un hombre que lleve, o haya llevado, el nombre de Pierre Leduc, cuyas señas, en resumen, son estas: estatura, un metro setenta y cinco, rubio y con bigote. Señas particulares: a consecuencia de una herida, la punta del dedo meñique de la mano izquierda quedó seccionada. Además, tiene una cicatriz ya casi borrada en la mejilla derecha. Tú pareces atribuirle al descubrimiento de ese hombre una enorme importancia, cual si de ella pudieran resultar para ti ventajas considerables. ¿Quién es ese hombre?

—No lo sé.

La respuesta fue categórica, absoluta. ¿Lo sabía o no lo sabía? Poco importaba. Lo esencial es que estaba decidido a no hablar en modo alguno.

—Sea —dijo su adversario—. Pero ¿tienes sobre él informes más detallados que los que le has proporcionado a Barbareux?

—Ninguno.

—Mientes, señor Kesselbach. Dos veces delante de Barbareux has consultado papeles encerrados en la bolsa de tafilete.

—En efecto.

—Entonces, ¿esa bolsa dónde está?

—Quemada.

Lupin tembló de ira. Evidentemente, la idea de la tortura y de las facilidades que proporcionaba cruzó de nuevo por su cerebro.

—¿Quemada? ¿Y la cajita… confiésalo ya… confiesas que se encuentra en el Crédit Lyonnais?

—Sí.

—¿Y qué es lo que contiene?

—Los doscientos diamantes más hermosos de mi colección particular.

Esta afirmación pareció no desagradar al aventurero.

—¡Ah! ¡Ah! ¡Los doscientos diamantes más hermosos! Pero, dime, eso es una fortuna… Sí, eso te hará sonreír… Para ti es una bagatela. Y tu secreto vale más que eso… Para ti sí… Pero ¿para mí?…

Tomó un cigarrillo, encendió una cerilla que dejó apagar maquinalmente y permaneció por algún tiempo pensativo e inmóvil.

Los minutos pasaban.

De pronto se echó a reír.

—¿Tú tienes la esperanza de que la misión fracasará y que no lograrán abrir la caja fuerte? Es posible, amigo mío. Pero entonces tendrás que pagarme mis molestias. No he venido aquí para verte la cara que pones sentado en esa butaca… Los diamantes, pues diamantes los hay… O si no, la bolsa de tafilete… Ya tienes planteado el dilema…

Consultó su reloj.

—¡Media hora!… ¡Diablos!… El Destino se hace tirar

de la oreja... Pero no te rías, señor Kesselbach. Palabra de hombre que no me iré con las manos vacías... Al fin...

Era el timbre del teléfono que sonaba. Lupin tomó el auricular vivamente, y cambiando el tono de su voz e imitando las entonaciones duras de su prisionero dijo:

—Sí. Soy yo, Rudolf Kesselbach... ¡Ah! Muy bien, señorita, póngame usted esa comunicación... ¿Eres tú Marcos?... Perfectamente... Entonces, ¿todo salió bien?... ¿No hubo dificultades?... Mis felicitaciones... para el niño... Entonces, ¿qué es lo que habéis recogido? ¡Ah! ¿La caja de ébano? ¿Ninguna otra cosa? ¿Ningún papel?... ¡Vaya, vaya...! Y en la caja ¿qué había?... ¿Son hermosos esos diamantes?... ¡Magnífico, magnífico!... Un momento, Marcos, déjame reflexionar... todo eso, sabes... Si te dijera mi opinión... Espera, no te muevas... quédate al aparato...

Y volviéndose prosiguió:

—Señor Kesselbach, ¿te interesan esos diamantes?

—Sí.

—¿Me los comprarías?

—Quizá.

—¿Cuánto? ¿Quinientos mil?

—Quinientos mil... sí...

—Solamente que... hay un problema... ¿Cómo haremos el cambio? ¿Un cheque? No, tú me la jugarías... o te la jugaría yo a ti... Escucha, pasado mañana por la mañana en el Crédit Lyonnais, recoges tus quinientos mil en billetes y te vas a pasear al Bois de Boulogne, cerca de Auteuil... Yo llevaré los diamantes... En una bolsa, es más cómodo... La cajita se ve demasiado...

Kesselbach experimentó un sobresalto y replicó:

—No... no... La cajita también... Yo quiero todo...

—¡Ah! —dijo Lupin, rompiendo a reír—. Caíste en la red... Los diamantes no te importan... esos se sustituyen... Pero la cajita, esa te importa tanto como tu propia piel... Pues bien, tendrás tu cajita... Palabra de Arsène Lupin... La tendrás mañana por la mañana, enviada por paquete postal.

Volvió a tomar el auricular.

—¡Marcos! ¿Tienes la caja a la vista?... ¿Qué tiene de particular?... Es de ébano incrustada de marfil... Sí, eso ya lo sé... de estilo japonés del suburbio de Saint-Antoine... ¿No tiene ninguna marca? ¡Ah! Una pequeña etiqueta redonda, bordeada de azul y que tiene un número... sí... una indicación comercial sin importancia. Y la parte inferior de la caja es gruesa... Escucha, Marcos, examina las incrustaciones de marfil en la parte superior... o más bien no, examina la tapa.

Resplandeció de alegría.

—¡La tapa! Eso es, Marcos. Kesselbach ha guiñado un ojo... ¡Estamos muy cerca!... ¡Ah! Mi querido Kesselbach, no estabas viendo que yo te hacía un guiño... ¡Qué torpe eres!

Y volviendo a hablarle a Marcos continuó:

—¡Bien! ¿Qué estás haciendo? ¿Un espejo en el interior de la tapa?... ¿Se corre ese espejo?... ¿Tiene ranuras?... No... pues bien rómpelo... Sí, Te digo que lo rompas... Ese espejo no tiene ninguna razón de estar colocado ahí... Ha sido puesto después de comprar la caja...

Se impacientó:

—Pero, imbécil... no te metas en lo que no te importa... Obedece.

Debió de escuchar a través del hilo telefónico el ruido que hacía Marcos para romper la tapa de la caja, pues exclamó triunfante:

—¿Qué es lo que yo decía, señor Kesselbach, que la caza iba a ser buena?... ¿Oye? ¿Ya está? ¿Y qué?... ¿Una carta? ¡Victoria! ¡Todos los diamantes de El Cabo y el secreto de este hombre!

Descolgó el segundo auricular, aplicó cuidadosamente las placas a sus oídos y continuó:

—Lee, Marcos, lee despacio… Primero el sobre… Bueno… Ahora repite.

Y él mismo fue repitiendo a su vez.

—Copia de la carta contenida en la bolsita de tafilete negro. ¿Y después? Rasga el sobre, Marcos. ¿Lo permite usted, señor Kesselbach? Esto no es muy correcto, pero, en fin… Anda, Marcos, el señor Kesselbach te autoriza. ¿Ya está? Bueno, lee.

Escuchó, y luego, sonriendo maliciosamente, agregó:

—¡Caray! Eso no es deslumbrador. Veamos en resumen: una simple hoja de papel plegada en cuatro, y los pliegues parecen nuevos… Bien… En lo alto y a la derecha de esa hoja estas palabras: «un metro setenta y cinco, el dedo meñique cortado», etcétera… Sí, son las señas del señor Pierre Leduc. Y esa es la escritura de Kesselbach, ¿verdad?… Muy bien… Y en medio de la hoja esta palabra escrita en letra de imprenta con mayúsculas: APOON. Marcos, hijo mío, deja en paz el papel y no toques la caja ni los diamantes. Dentro de diez minutos habré acabado con mi hombre. Dentro de veinte minutos estaré contigo… ¡Ah! A propósito, ¿me has enviado el coche? Magnífico. Hasta luego.

Puso los auriculares en su sitio, pasó al vestíbulo, luego al dormitorio, comprobó que el secretario y el criado no habían aflojados sus ligaduras y que, por lo demás, no corrían el riesgo de asfixiarse a causa de sus mordazas, y después regresó junto a su prisionero.

Lupin tenía una expresión resuelta e implacable. Dijo:

—Se acabó la risa, Kesselbach. Si no hablas, tanto peor para ti. ¿Estás decidido?

—¿A qué?

—Nada de tonterías. Di lo que sabes.

—Yo no sé nada.

—Mientes. ¿Qué significa esa palabra «apoon»?

—Si yo lo supiera, no la hubiera escrito allí.

—Sea, pero ¿con qué se relaciona? ¿De dónde la copiaste? ¿De dónde sacaste esa palabra?

El señor Kesselbach no respondió.

Lupin, más nervioso, más implacable, continuó:

—Escucha, Kesselbach, te voy a hacer una proposición. Por muy rico y por muy gran señor que seas, no hay entre tú y yo una diferencia tan grande. El hijo del calderero de Augsburgo y Arsène Lupin, príncipe de los ladrones, pueden ponerse de acuerdo sin motivo de vergüenza ni para el uno ni para el otro. Yo robo en los apartamentos, tú robas en la bolsa. Todo eso es lo mismo. Entonces, escucha, Kesselbach. Asociémonos en este negocio. Yo necesito de ti porque ignoro de qué se trata. Y tú necesitas de mí porque tú solo no conseguirás el éxito en él. Barbareux es una nulidad. Yo soy Lupin. ¿Te agrada?

Hubo un silencio, y luego Lupin, con voz temblorosa, añadió:

—Responde, Kesselbach. ¿Te agrada? Si la respuesta es afirmativa, en cuarenta y ocho horas yo te encuentro a tu Pierre Leduc. Porque se trata en efecto de él, ¿verdad? Ese es el asunto. ¡Pero responde! ¿Quién es ese individuo? ¿Por qué lo buscas? ¿Qué sabes de él?

Se calmó súbitamente, colocó la mano sobre el hombro del alemán y con tono seco añadió:

—Solamente una palabra: ¿sí o no?

—No.

Sacó del bolsillo del chaleco de Kesselbach un magnífico reloj de oro y lo colocó sobre las rodillas del prisionero.

Luego desabrochó el chaleco de Kesselbach, le abrió la camisa, puso el pecho al desnudo, y empuñando un estilete de acero, con el mango niquelado de oro, que se encontraba cerca de él sobre la mesa, aplicó la punta en el lugar donde los latidos del corazón hacían palpitar la carne desnuda.

—Por última vez: ¿sí o no?

—No.

—Señor Kesselbach, son las tres menos ocho minutos. Si dentro de ocho minutos no ha respondido, es usted hombre muerto.

III

Al día siguiente por la mañana, a la hora exacta que le había sido fijada, el brigadier Gourel se presentó en el hotel Palace. Sin detenerse y desdeñando el ascensor subió a pie la escalera. En el cuarto piso dobló a la derecha, siguió por el pasillo y al llegar frente a la puerta del apartamento 415 llamó al timbre.

No se oía ruido alguno, y entonces volvió a llamar. Después de haberlo hecho una media docena de veces sin obtener respuesta, y ante lo infructuoso de sus intentos, se dirigió a la oficina del hotel correspondiente a aquel piso. Allí encontró a un mayordomo, al cual le preguntó:

—¿El señor Kesselbach, por favor? He llamado seis veces sin obtener respuesta.

—El señor Kesselbach no ha dormido en su apartamento. Nosotros no lo hemos visto desde ayer por la tarde.

—Pero ¿y su criado y su secretario?

—Tampoco los hemos visto.

—Entonces, según eso, ¿tampoco deben de haber dormido en el hotel?

—Tampoco, sin duda.

—¡Sin duda! Es que ustedes debieran tener la certeza.

—¿Por qué? El señor Kesselbach no está en realidad en el hotel, sino en su propia casa, pues se trata de su apartamento particular. Nosotros no le prestamos servicio, sino que este se lo presta su criado, y nosotros no sabemos nada de lo que ocurre dentro de su casa.

—En efecto… en efecto…

Gourel se sentía muy turbado por aquella situación. Había ido allí siguiendo unas órdenes formales, con una misión precisa, dentro de los límites de la cual podía ejercitar su inteligencia. Sin embargo, más allá de esos límites no sabía en qué forma debía proceder.

—Si el jefe estuviera aquí… —murmuraba—. Si el jefe estuviera aquí…

Le mostró al mayordomo su identificación. Luego, al azar, preguntó:

—Entonces, ¿usted no los ha visto entrar?

—No.

—Pero ¿usted sí los vio salir?

—Tampoco.

—En ese caso, ¿cómo sabe usted que salieron y están fuera?

—Por un señor que vino ayer por la tarde al cuatrocientos quince.

—¿Un señor de bigote negro?

—Sí. Lo encontré cuando se marchaba, a eso de las tres de la tarde. Y me dijo: «Las personas que se hospedan en el cuatrocientos quince acaban de salir. El señor Kesselbach dormirá esta noche en Versalles, en el Réservoirs, adonde pueden ustedes enviarle su correo».

—Pero ¿quién era ese señor? ¿Con qué acreditación hablaba de ese modo?

—Lo ignoro.

Gourel se sentía inquieto. Todo aquello le parecía harto extraño.

—¿Tiene usted la llave?

—No. El señor Kesselbach se ha mandado hacer llaves especiales.

—Vamos a ver.

Gourel llamó nuevamente en la puerta con furor. Pero nadie respondió. Se disponía ya a marcharse cuando de pronto se agachó y aplicó agudamente el oído contra el agujero de la cerradura.

—Escuche... se diría que... Pero sí... es muy claro... quejidos... lamentos...

Descargó sobre la puerta un violento puñetazo.

—Pero, señor, usted no tiene derecho...

—¿A qué no tengo derecho?

Descargó entonces nuevos golpes; pero todo ello tan en vano, que inmediatamente renunció a seguir.

—Rápido... llame a un cerrajero.

Uno de los mozos del hotel se alejó corriendo. Gourel iba y venía, enardecido e indeciso. Los criados de los demás pisos formaban ya grupos. El personal de la oficina y el de la dirección fue llegando. Gourel exclamó:

—Pero ¿por qué no hemos de entrar por las habitaciones contiguas? Estas comunican con el apartamento.

—Sí, pero las puertas de comunicación tienen todas el cerrojo corrido por ambos lados.

—Entonces voy a telefonear a la Dirección de Seguridad —dijo Gourel, para quien visiblemente no existía medio de resolver las cosas al margen de su jefe.

—Y a la comisaría —observó alguien.

—Sí, si así les gusta a ustedes —respondió él con el tono de una persona a quien ese formalismo le importaba poco.

Cuando volvió de telefonear, el cerrajero estaba acabando de probar sus llaves. La última hizo funcionar la cerradura y Gourel penetró rápidamente en el apartamento.

Corrió enseguida al lugar de donde procedían los gemidos, y allí se tropezó con los cuerpos del secretario Chapman y del criado Edwards. Uno de ellos, Chapman, a fuerza de paciencia, había logrado aflojar un poco su mordaza y lanzaba pequeños gruñidos sordos. El otro parecía dormir.

Los liberaron de sus ataduras, y Gourel preguntó inquieto:

—¿Y el señor Kesselbach?

Entró al salón. El señor Kesselbach estaba sentado y amarrado al respaldo de la butaca cerca de la mesa. Tenía la cabeza inclinada sobre el pecho.

—Está desvanecido —dijo Gourel, acercándose a él—. Ha debido de hacer esfuerzos tan grandes que lo dejaron extenuado.

Con rapidez cortó las cuerdas que lo sujetaban por los hombros. Como un bloque, el torso se desplomó hacia delante. Gourel lo sujetó con todas sus fuerzas, pero retrocedió lanzando un grito de espanto:

—Pero ¡si está muerto! ¡Tóquenle las manos… están heladas… y mírenle a los ojos!…

Alguien dijo al azar:

—Una congestión, sin duda… o una rotura de aneurisma…

—En efecto, no hay huellas de heridas… ha sido una muerte natural…

El cadáver fue tendido sobre el canapé y desprendido de su ropa. Pero enseguida sobre la blanca camisa aparecieron manchas rojas, y una vez que le fue sacada aquella se descubrió que en el lugar correspondiente al corazón el pecho estaba perforado por una pequeña incisión de la cual corría un fino hilo de sangre.

Y sobre la camisa había sujeta con un alfiler una tarjeta.

Gourel se inclinó. Era la tarjeta de Arsène Lupin, y aquella, a su vez, estaba teñida de sangre.

Entonces Gourel se incorporó y con tono autoritario y brusco dijo:

—¡Un crimen!... ¡Arsène Lupin!... Salgan de aquí... Salgan todos... Que no quede nadie en el salón ni en el dormitorio... ¡Que trasladen y atiendan a esos señores en otra habitación!... Salgan todos... Y que nadie toque nada... ¡El jefe va a venir!

IV

¡Arsène Lupin!

Gourel repetía esas dos palabras fatídicas con un aire completamente petrificado. Y resonaban en él como dentro de una campana de vidrio. ¡Arsène Lupin! ¡El rey de los bandidos! ¡El aventurero supremo! Pero, vamos, ¿era esto posible?

—No... no... pero no —murmuraba él—. Esto no es posible... porque ¡Arsène Lupin ha muerto!

Solo que... ¿estaba verdaderamente muerto?

¡Arsène Lupin!

En pie, cerca del cadáver, se mantenía con aire estúpido, aturdido, volviendo entre sus dedos una y otra vez la tarjeta con cierto temor, cual si acabara de recibir la provocación de un fantasma. ¡Arsène Lupin! ¿Qué iba a hacer él? ¿Entablar la lucha valiéndose de sus propios recursos?... No, no... Valía más no actuar... Los errores serían inevitables si aceptara el desafío que le lanzaba tamaño adversario. Y, además, ¿acaso no iba a venir el jefe?

«¡El jefe va a venir!» Todo el estado de ánimo de Gourel se resumía en esa pequeña frase. Hábil y perseverante, lleno de valor y de experiencia, dotado de una fuerza hercúlea, era de aquellos que solo avanzan cuando van dirigidos por otros y que no realizan jamás una buena actividad sino cuando les es ordenada.

¡Y en qué forma esa falta de iniciativa se había agravado desde que el señor Lenormand había pasado a ocupar, el puesto del señor Dudouis al servicio de la seguridad! ¡Aquel Lenormand era un jefe! ¡Con él se estaba seguro de ir siempre por el camino acertado. Tan seguro, que Gourel se paraba en seco desde el punto y hora que le faltaba el impulso del jefe.

Pero ¡ahora el jefe iba a venir! Mirando su reloj, Gourel calculaba la hora exacta en que llegaría. Todo a condición de que el comisario de policía no se le adelantara y que el juez de instrucción, sin duda designado ya, o el médico forense, no vinieran a realizar inoportunas comprobaciones antes de que el jefe tuviera tiempo de grabar en su espíritu los puntos esenciales del suceso…

—Bueno, Gourel, ¿en qué estás soñando?

—¡El jefe!

El señor Lenormand era un hombre todavía joven si se consideraba la expresión de su rostro, en el cual los ojos brillaban detrás de las gafas; pero era casi un viejo si se observaba su espalda encorvada, su piel seca y como amarillenta, cerúlea; la barba y los cabellos grisáceos, y todo su aspecto quebradizo, titubeante y enfermizo.

Había pasado penosamente su vida en las colonias francesas como comisario del Gobierno, desempeñando los puestos más peligrosos. Había sufrido fiebres y conquistado a la par una indomable energía, a pesar de su debilidad física, así como también adquirido el hábito de vivir solo, de hablar poco y de actuar en silencio, y estaba dominado por una cierta misantropía; pero, de pronto, hacia la edad de cincuenta y cinco años, a consecuencia del famoso asunto de los tres españoles de Biskra, había alcanzado una notoriedad tan grande como justa. Con ello se reparaba la injusticia cometida con él, fue nombrado para Burdeos, después subjefe en París y luego, al morir el señor Dudouis, se le designó jefe de la Seguridad. Y en cada uno de esos cargos había demostrado una capacidad de inventiva tan curiosa en los procedimientos, provista de tales recursos y de cualidades tan novedosas y originales, y sobre todo había alcanzado resultados tan precisos en el desarrollo de los cuatro o cinco escándalos que habían apasionado a la opinión pública, que su nombre se ponía al mismo nivel de los más ilustres policías. Gourel, por su parte, no dudaba en absoluto. Favorito del jefe, que lo apreciaba por su candidez y por su obediencia pasiva, ponía al señor Lenormand por encima de todos. Era su ídolo, el dios que para él no se equivocaba nunca.

Ese día, el señor Lenormand parecía particularmente cansado. Se sentó con cierta laxitud, apartó los faldones de su levita… célebre por su corte anticuado y por su color aceituna, se soltó la bufanda… una bufanda color marrón igualmente famosa, y murmuró:

—Habla.

Gourel relató todo cuanto había visto y todo lo que había averiguado, y lo expuso en forma resumida, conforme a la costumbre que el jefe le había impuesto.

Pero cuando enseñó la tarjeta de Lupin, el señor Lenormand se estremeció.

—¡Lupin! —exclamó.

—Sí, Lupin. Aquí vuelve a salir del agua ese animal extraño.

—Tanto mejor, tanto mejor —dijo el señor Lenormand después de unos instantes de reflexión.

—Evidentemente, tanto mejor —replicó Gourel, que

sentía un goce especial en comentar las palabras de su superior, al que solamente le reprochaba el ser excesivamente poco locuaz—. Tanto mejor, pues al fin va a medirse con un adversario digno de usted... Y Lupin se tropezará con su maestro... Lupin dejará de existir... Lupin...

—Investiga y busca —dijo el señor Lenormand, cortándole las palabras.

Fue algo semejante a la orden del cazador a su perro. Y de hecho fue en la forma que un buen perro, vivo, inteligente, huroneador como Gourel se puso a buscar bajo la mirada de su amo.

Con la punta de su bastón, el señor Lenormand designaba tal rincón o cual butaca, lo mismo que el cazador le señala a su perro un matorral o una mata de hierba con una conciencia minuciosa.

—Nada —manifestó el brigadier.

—Nada para ti —gruñó el señor Lenormand.

—Eso es lo que yo quería decir... Ya sé que para usted hay cosas que hablan como si fueran personas... verdaderos testigos. Pero ello no impide que nos encontremos ante un crimen bella y completamente comprobado y cargado al activo del señor Lupin.

—El primero —observó el señor Lenormand.

—El primero, en efecto... Pero esto era inevitable. No se puede llevar esa vida sin que un día u otro sea obligado al crimen por las circunstancias. Seguramente que el señor Kesselbach se defendió...

—No, porque se encontraba atado.

—En efecto —confesó Gourel, desconcertado—. Y por ello resulta en extremo curioso... ¿Por qué matar a un adversario que ya no lo es?... Pero no importa. Si yo le hubiera echado mano al pescuezo ayer, cuando nos encontramos cara a cara en el umbral del vestíbulo.

El señor Lenormand se dirigió al balcón. Luego visitó el

dormitorio del señor Kesselbach, a la derecha, y comprobó los cierres de las ventanas y de las puertas.

—Las ventanas de esas dos habitaciones estaban cerradas cuando yo entré —afirmó Gourel.

—¿Cerradas del todo o solo a medio cerrar?

—Nadie tocó aquí nada. Y están cerradas, jefe…

Un ruido de voces los atrajo al salón. Allí encontraron al médico forense que se disponía a examinar el cadáver, y al juez de instrucción, señor Formerie.

El señor Formerie exclamó:

—¡Arsène Lupin! ¡Por fin una casualidad propicia me vuelve a poner frente a ese bandido! ¡Ese mozo va a ver con qué clase de madera yo me caliento!… Y esta vez se trata de un asesinato… ¡Ya nos veremos, maestro Lupin!

El señor Formerie no había olvidado la extraña aventura de la diadema de la princesa de Lamballe y la forma admirable en que Lupin se la había jugado a él algunos años antes. El asunto se recordaba como un caso célebre en el Palacio de Justicia y todavía era motivo de risas. Y en cuanto al señor Formerie, este guardaba un justo sentimiento de rencor y el deseo de cobrarse una revancha aplastante.

—El crimen es evidente —manifestó el juez con el aire más convencido—. Y el móvil nos será fácil descubrirlo. Entonces todo va bien… Señor Lenormand, le saludo a usted… y me siento encantado.

Pero el señor Formerie no estaba en modo alguno encantado, pues, por el contrario, la presencia del señor Lenormand le agradaba muy poco, ya que el jefe de Seguridad no disimulaba en absoluto el desprecio que sentía hacia él. Por consiguiente, se irguió, y siempre solemne, dijo:

—Entonces, ¿usted, doctor, calcula que la muerte ocurrió hace aproximadamente una docena de horas, quizá más?…

Es lo que yo supongo... Estamos por completo de acuerdo... ¿Y el instrumento del crimen?

—Un cuchillo de hoja muy fina, señor juez de instrucción —respondió el médico—. Vea, la hoja del arma fue limpiada con el propio pañuelo del muerto...

—En efecto... en efecto... la huella es bien visible... Y ahora vamos a interrogar al secretario y al criado del señor Kesselbach. Y no dudo que su interrogatorio nos proporcionará algunas luces...

Chapman, a quien habían trasladado a su propia habitación, a la izquierda del salón, así como a Edwards, estaba ya completamente repuesto de la terrible prueba a que había sido sometido.

El secretario expuso con todo detalle los acontecimientos de la víspera, las inquietudes del señor Kesselbach, la visita anunciada por el seudocoronel, y finalmente contó la agresión de que habían sido víctimas.

—¡Ah! ¡Ah! —exclamó el señor Formerie—. ¡Hay un cómplice! Y usted oyó su nombre... Marcos, dice usted... Esto es sumamente importante. Cuando nos hayamos apoderado del cómplice, la tarea habrá avanzado mucho...

—Sí, no obstante, todavía no lo tenemos en nuestras manos —se arriesgó a decir el señor Lenormand.

—Eso vamos a verlo... Cada cosa a su tiempo. Y entonces, señor Chapman, ¿ese Marcos se marchó inmediatamente después que llamó al timbre el señor Gourel?

—Sí, nosotros lo oímos marcharse.

—Y luego que él se fue, ¿ustedes no oyeron nada más?

—Sí... De cuando en cuando oíamos algo, pero vagamente... La puerta estaba cerrada.

—¿Y qué clase de ruidos oían?

—Ruido de voces. El individuo...

—Llámele usted por su nombre: Arsène Lupin.

—Arsène Lupin debió de telefonear.

—Magnífico. Interrogaremos a la persona del hotel que está encargada del servicio de comunicaciones con la ciudad. ¿Y más tarde ustedes le oyeron salir a él también?

—Vino a comprobar si continuábamos atados, y un cuarto de hora después salió, cerrando detrás de él la puerta del vestíbulo.

—Sí, una vez que cometió su fechoría. Magnífico... Magnífico... Todo está encadenado... ¿Y luego?

—Luego ya no oímos nada más... Transcurrió la noche... el cansancio me adormeció... e igualmente a Edwards... y no fue sino esta mañana...

—Sí... ya sé... Entonces la cosa no va mal... todo está encadenado...

Y como si marcara cada una de las etapas de su investigación con el tono que hubiera marcado otras tantas victorias sobre el desconocido, murmuró pensativo:

—El cómplice... el teléfono... la hora del crimen... los ruidos escuchados... Bien... Muy bien... Ahora nos queda por determinar el móvil del crimen. En este caso, como se trata de Lupin, el móvil está claro. Señor Lenormand, ¿usted no ha observado la menor huella de fractura?

—Ninguna.

—Entonces eso quiere decir que el robo se efectuó sobre la propia persona de la víctima. ¿Se ha encontrado su cartera?

—Yo la dejé en el bolsillo de su americana —respondió Gourel.

Pasaron todos al salón, donde el señor Formerie comprobó que la cartera no contenía más que tarjetas de visita y documentos de identidad.

—Es extraño. Señor Chapman, ¿no podría usted decirnos si el señor Kesselbach llevaba consigo alguna suma de dinero?

—Sí, la víspera, es decir, anteayer, lunes, fuimos al Crédit Lyonnais, donde el señor Kesselbach alquiló una caja fuerte…

—¿Una caja fuerte en el Crédit Lyonnais? Bien… habrá que investigar por ese lado…

—Y antes de salir del banco, el señor Kesselbach hizo que le abrieran una cuenta y se llevó cinco o seis mil francos en billetes.

—Magnífico… eso nos aclara mucho.

Chapman prosiguió:

—Aún hay otro punto, señor juez de instrucción. El señor Kesselbach, desde hacía algunos días, estaba muy inquieto… Ya les he dicho la causa… un proyecto al cual le atribuía una importancia extrema… El señor Kesselbach parecía interesadísimo, particularmente en dos cosas: primero, una cajita de ébano, y esa caja la dejó guardada en el Crédit Lyonnais, y segundo, una carterita de tafilete negro en la que guardaba algunos papeles.

—¿Y esa cartera?

—Antes de la llegada de Lupin la depositó delante de mí en esa bolsa de viaje.

El señor Formerie tomó la bolsa y rebuscó dentro. Pero allí no se encontraba la carterita. Se frotó las manos.

—¡Vamos! Todo se encadena… Ya conocemos al culpable, las condiciones y el móvil del crimen. Este asunto no llevará mucho tiempo. Estamos de acuerdo en todo, ¿verdad, señor Lenormand?

—En nada —replicó el interpelado.

Se produjeron unos instantes de estupefacción. Había llegado el comisario de policía, y siguiendo detrás de él, a pesar de los agentes que guardaban la puerta, una multitud de periodistas y el personal del hotel habían forzado la entrada y se agrupaban en la antecámara.

Tan notoria fue la rudeza del señor Lenormand —rudeza que no estaba exenta de cierta grosería y que le había valido ya ciertas reprimendas en las alturas—, que su brusquedad desconcertó a todos. Y el señor Formerie pareció el más particularmente desconcertado. Dijo:

—Sin embargo, yo no veo nada en todo esto que no sea muy sencillo: Lupin es el ladrón…

—¿Por qué lo mató? —replicó el señor Lenormand.

—Para robar.

—¿Perdón? El relato de los testigos prueba que el robo tuvo lugar antes del asesinato. El señor Kesselbach fue primeramente maniatado y amordazado, luego fue robado. ¿Por qué Lupin, que hasta ahora no ha cometido jamás ningún crimen, iba a matar a un hombre reducido a la impotencia y al cual ya había despojado?

El juez de instrucción se acarició sus largas patillas rubias con un gesto que le era familiar cuando un asunto le parecía no tener relación. Y con tono pensativo replicó:

—Para eso hay varias respuestas…

—¿Cuáles?

—Eso depende… eso depende de un cúmulo de elementos todavía desconocidos… Y además, en todo caso, la objeción no tiene más valor que por la naturaleza de los motivos. Por lo demás, estamos de acuerdo.

—No.

De nuevo esta vez fue cortante, casi mal educado, al extremo que el juez, completamente desamparado, no se atrevió siquiera a protestar, y se quedó mudo frente a aquel extraño colaborador. Por fin, pudo articular estas palabras:

—Cada cual tiene su sistema. Yo siento curiosidad por conocer el de usted.

—Yo no lo tengo.

El jefe de Seguridad se levantó de su asiento, y dio algunos pasos a lo ancho del salón apoyándose en su bastón. En torno a él imperaba el silencio… y resultaba bastante curioso el ver a aquel hombre viejo, debilucho y quebradizo dominar a los demás por la fuerza de una autoridad que todos sufrían, pero que, a pesar de ello, no aceptaban.

Después de un largo silencio, el señor Lenormand exclamó:

—Quisiera visitar las habitaciones contiguas a este apartamento.

El director del hotel le mostró el plano de aquel. La habitación de la derecha, que era la del señor Kesselbach, no tenía ninguna otra salida más que el propio vestíbulo del apartamento. No obstante, la habitación de la izquierda, la del secretario, comunicaba con otra.

—Visitémosla —dijo el jefe de Seguridad.

El señor Formerie no pudo menos de encogerse de hombros y murmurar.

—Pero la puerta de comunicación tiene echado el cerrojo y la ventana está cerrada.

—Visitémosla —repitió el señor Lenormand.

Lo llevaron a aquella estancia, que era la primera de las cinco habitaciones reservadas para la señora Kesselbach. Después, a petición suya, fue llevado a las otras habitaciones que seguían. Todas las puertas de comunicación tenían echados los cerrojos por los dos lados.

Preguntó:

—¿Ninguna de estas habitaciones está ocupada?

—Ninguna.

—¿Y las llaves?

—Las llaves están siempre en la oficina del hotel.

—Entonces, ¿nadie podría introducirse…?

—Nadie, salvo el mozo del piso encargado de airear las habitaciones y de quitarles el polvo.

—Mándelo venir.

El mozo, llamado Gustave Beudot, declaró que la víspera, según las órdenes que tenía, había cerrado las ventanas de las cinco habitaciones.

—¿A qué hora?

—A las seis de la tarde.

—¿Y usted no observó nada?

—No, nada.

—¿Y esta mañana?

—Esta mañana abrí las ventanas a eso de las ocho.

—¿Y usted no encontró nada extraño?

—No, nada… ¡Ah! No obstante…

Dudaba en hablar. Fue apremiado a preguntas y acabó por confesar:

—Pues bien, recogí cerca de la chimenea del cuatrocientos veinte una cigarrera… que yo pensaba entregar esta noche en la oficina del hotel.

—¿La tiene usted consigo?

—No, está en mi habitación. Es un estuche de acero bruñido; en un lado se mete tabaco y papel de cigarrillos, y en el otro, las cerillas. Tiene unas iniciales en oro… Una L y una M.

—¿Qué dice usted?

Fue Chapman quién, acercándose, formuló la pregunta. Parecía muy sorprendido, e interpelando al criado, añadió:

—¿Un estuche de acero bruñido, dice usted?

—Sí.

—¿Con tres departamentos para el tabaco, el papel y las cerillas… de tabaco ruso, no es eso?

—Sí.

—Vaya a buscarla… Quiero verla… darme cuenta por mí mismo…

A una señal que le hizo el jefe de Seguridad, Gustave Beudot se alejó. El señor Lenormand se había sentado, y con su aguda mirada observaba la alfombra, los muebles y las cortinas. Preguntó para informarse:

—¿Estamos efectivamente en el apartamento cuatrocientos veinte?

—Sí.

El juez dijo con ironía:

—Yo quisiera saber qué relación establece usted entre este incidente y el drama. Cinco puertas cerradas nos separan de la habitación en la cual Kesselbach fue asesinado.

El señor Lenormand no se dignó responder.

Pasó el tiempo. Gustave no regresaba.

—¿Dónde duerme ese criado, señor director? —preguntó el jefe.

—En el sexto piso, que da hacia la calle de Judée, y, por lo tanto, encima de nosotros. Es extraño que no haya regresado todavía.

—¿Quiere usted tener la bondad de mandar a alguien a buscarlo?

El director fue en persona, acompañado de Chapman. Minutos más tarde volvía solo, corriendo y con el rostro desencajado.

—¿Qué hay?

—Está muerto…

—¿Asesinado?

—Sí.

—¡Ah! ¡Maldita sea, son gente de fuerza esos miserables! —gritó el señor Lenormand—. A toda prisa, Gourel, que cierren las puertas del hotel… Vigila las salidas… Y usted, señor director, llévenos a la habitación de Gustave Beudot.

El director salió. Pero en el momento de abandonar la estancia, el señor Lenormand se agachó y recogió del suelo un pequeño círculo de papel sobre el cual ya sus ojos se habían fijado antes.

Era una etiqueta enmarcada en azul. Llevaba impresa la cifra 813. Contra toda eventualidad, la colocó en su cartera y luego fue a reunirse con las demás personas.

V

El cadáver tenía una delgada fisura entre los dos omóplatos... El médico declaró:

—Exactamente, la misma herida que el señor Kesselbach.

—Sí —dijo el señor Lenormand—, es la misma mano la que ha golpeado y es la misma arma la que se ha utilizado.

Conforme a la posición del cadáver, el hombre había sido sorprendido cuando estaba de rodillas junto a su cama, buscando bajo el colchón la cigarrera que allí había ocultado. El brazo se hallaba todavía extendido y aprisionado entre el colchón y el somier, pero la cigarrera no apareció.

—Es preciso que ese objeto fuese endemoniadamente comprometedor —insinuó el señor Formerie, que ya no osaba emitir opiniones demasiado contundentes.

—¡Caray! —replicó el jefe de Seguridad.

—Pero ya sabemos las iniciales: una L y una M. Y con esto, conforme a lo que el señor Chapman da la impresión de saber, estaremos fácilmente informados.

El señor Lenormand tuvo un sobresalto y preguntó:

—¡Chapman! ¿Dónde está Chapman?

Se le buscó en el pasillo entre los grupos de personas que allí se congregaban. Pero Chapman no estaba allí.

—El señor Chapman me había acompañado —dijo el director.

—Sí, sí, ya lo sé, pero no volvió a bajar con usted.

—No, yo le dejé junto al cadáver.

—¡Usted le dejó!... ¡Y solo!...

—Yo le dije: «Quédese aquí, no se mueva».

—¿Y no había nadie más allí? ¿No vio a nadie?

—En el pasillo no.

—Pero y en las habitaciones vecinas… o bien… en el recodo, ¿no se ocultaría nadie?

El señor Lenormand parecía muy agitado. Iba y venía y abría las puertas de las habitaciones. Y de pronto salió corriendo con una agilidad de la que no se le hubiera creído capaz.

Bajó corriendo los seis pisos, seguido de lejos por el juez de instrucción. Abajo encontró de nuevo a Gourel delante de la puerta.

—¿No salió nadie?

—Nadie.

—¿Y por la otra puerta… la de la calle Orvieto?

—Allí puse de guardia a Dieuzy.

—¿Con órdenes rigurosas?

—Sí, jefe.

En el vasto vestíbulo del hotel la multitud, formada por los huéspedes, se apretujaba con inquietud, comentando las versiones más o menos exactas que les llegaban del crimen. Todos los criados, convocados por teléfono, iban llegando uno a uno. El señor Lenormand los interrogaba inmediatamente.

Ninguno de ellos pudo dar el menor informe. Pero una camarera del quinto piso que se presentó dijo que diez minutos antes, aproximadamente, se había cruzado con dos señores que bajaban por la escalera de servicio entre el quinto y el cuarto pisos.

—Bajaban muy rápidamente. El primero llevaba al otro de la mano. Me sorprendió el ver a esos dos hombres por la escalera de servicio.

—¿Podría usted reconocerlos?

—Al primero no. Volvió la cabeza al verme. Es delgado y rubio… Llevaba un sombrero blando negro… y también ropa negra.

—¿Y el otro?

—El otro es un inglés de rostro grueso, todo afeitado y con un traje a cuadros. No llevaba nada en la cabeza.

Las señas se relacionaban con toda evidencia con Chapman. La mujer agregó:

—Tenía un aspecto... un aspecto raro... como si estuviera loco.

La afirmación de Gourel no le bastó al señor Lenormand. Interrogó sucesivamente a los botones que estaban de servicio en las dos puertas.

—¿Conocía usted al señor Chapman?

—Sí, señor, siempre hablaba con nosotros.

—¿Y usted no lo vio salir?

—No, no salió esta mañana.

El señor Lenormand se volvió hacia el comisario de policía y le dijo:

—¿Cuántos hombres tiene usted aquí, señor comisario?

—Cuatro.

—No son suficientes. Telefonéele a su secretario que le mande aquí a todos los hombres disponibles. Y haga el favor de organizar usted mismo la vigilancia más estrecha de todas las salidas. Establezca un verdadero estado de sitio, señor comisario.

—Pero, en realidad —protestó el director del hotel—, mis clientes...

—A mí no me importan sus clientes, señor. Mi deber está por encima de todo, y en este caso mi deber es conseguir la detención, cueste lo que cueste, de...

—Entonces, ¿usted cree...? —se aventuró a decir el juez de instrucción.

—Yo no creo, señor... Yo estoy seguro de que el autor del doble asesinato se encuentra todavía dentro del hotel.

—Pero entonces, Chapman...

—A estas horas yo no puedo garantizar que Chapman esté todavía vivo. En todo caso, eso es una cuestión de minutos, incluso de segundos… Gourel, toma contigo dos hombres y registra todas las habitaciones del cuarto piso… Señor director, que los acompañe uno de sus empleados. En cuanto a los demás pisos, yo mismo iré apenas recibamos refuerzos. Vamos, Gourel, a la caza y con los ojos muy abiertos… Hay piezas muy grandes que cazar…

Gourel y sus hombres se dieron prisa, en tanto que el señor Lenormand permanecía en el vestíbulo del hotel y cerca de las oficinas del mismo. Iba de la entrada principal a la otra entrada de la calle Orvieto y luego volvía a su punto de partida.

De cuando en cuando daba órdenes como estas:

—Señor director, que vigilen las cocinas, pues podrían escaparse por allí… Señor director, dígale a la señorita del teléfono que no le dé comunicación a ninguna de las personas del hotel que quieran hablar con la ciudad. Si les telefonean de la ciudad, que ponga la comunicación con la persona solicitada, pero que tome nota del nombre de esa persona… Señor director, mande confeccionar una lista de clientes de usted cuyo nombre comience con una L o una M.

Y decía todo eso en voz alta, como un general del ejército que le dictara a sus lugartenientes unas órdenes de las que dependiese el resultado de la batalla.

Y era en realidad una batalla implacable y terrible esta que se desarrollaba dentro del elegante marco de un palacio parisiense, teniendo como protagonistas a ese poderoso personaje que es siempre un jefe de Seguridad y aquel misterioso individuo perseguido, acorralado, ya casi cautivo, pero de una astucia y un salvajismo formidables.

La angustia oprimía el corazón de los espectadores, agrupados todos en el centro del vestíbulo, silenciosos y palpitantes, estremecidos por el miedo al menor ruido y obsesionados por la imagen infernal del asesino. ¿Dónde se escondía este? ¿Aparecería? ¿Acaso no estaría presente entre ellos mismos?... ¿No sería este individuo? ¿O aquel otro?

Los nervios se hallaban tan tensos, que de haberles asaltado el espíritu de rebeldía hubieran forzado las puertas y corrido a la calle si el maestro no hubiera estado allí presente... pues esa presencia, por su parte, tranquilizaba y contribuía a imponer calma. Gracias a ella, la gente allí congregada se sentía segura, como los pasajeros de un navío dirigido por un buen capitán.

Y todas las miradas se concentraban en aquel viejo señor de anteojos y con los cabellos grises, con una levita color aceituna y una bufanda color marrón, que se paseaba con el cuerpo inclinado y las piernas vacilantes.

A veces, enviado por Gourel, llegaba corriendo uno de los mozos que acompañaban al brigadier en la investigación.

—¿Algo nuevo? —preguntaba el señor Lenormand.

—Nada, señor, no encontramos nada.

En dos ocasiones el director intentó hacer más flexibles las consignas. La situación se hacía intolerable. En las oficinas, varios huéspedes reclamados por sus asuntos, o que estaban a punto de salir de viaje, protestaban.

—A mí no me importa —repetía el señor Lenormand.

—Pero si yo los conozco a todos —aseguraba el director.

—Tanto mejor para usted.

—Usted está rebasando sus atribuciones.

—Ya lo sé.

—No le darán a usted la razón.

—Estoy persuadido de ello.

—El propio señor juez de instrucción...

—¡Que el señor Formerie me deje en paz! Nada mejor puede hacer que interrogar a los criados, que es lo que está haciendo en estos momentos. En cuanto al resto, no corresponde a las funciones del juez de instrucción. Corresponde a la policía. Y eso es cuestión mía.

En ese momento una escuadra de agentes irrumpió en el hotel. El jefe de Seguridad los repartió en varios grupos, los cuales envió al tercer piso, y luego, dirigiéndose al comisario, le dijo:

—Mi querido comisario, le encargo la vigilancia. Nada de debilidades. Le emplazo a que así lo haga. Yo tomo la responsabilidad de todo cuanto pueda ocurrir.

Se dirigió al ascensor y se hizo llevar al segundo piso.

La labor no fue fácil. Por el contrario, resultó larga, pues era preciso abrir las puertas de sesenta habitaciones, inspeccionar todos los cuartos de baño, todas las alcobas, todos los armarios, todos los rincones. Pero resultó igualmente infructuoso. Una hora después, a las doce del mediodía, el señor Lenormand había acabado exactamente de investigar todo el segundo piso, pero los demás agentes no habían terminado aún con los pisos superiores, y nada nuevo se había descubierto.

El señor Lenormand tuvo un momento de duda, preguntándose: «¿Habría subido el asesino a las buhardillas?».

No obstante, optó por bajar cuando fue avisado de que la señora Kesselbach acababa de llegar con su señorita de compañía. Edwards, el viejo criado de confianza, había aceptado la misión de comunicarle a la señora la muerte del señor Kesselbach.

El señor Lenormand encontró a la dama en uno de los salones, abatida y sin lágrimas, pero con el rostro desencajado de dolor y el cuerpo tembloroso, como agitado por estremecimientos de fiebre. Era una mujer bastante corpulenta, morena, y cuyos negros ojos, de una gran belleza, estaban cargados de oro, de pequeños puntos de oro, semejantes a lentejuelas que brillaban en las sombras. Su marido la había conocido en Holanda, donde Dolores había nacido de una antigua familia de origen español apellidada Amonti. Y apenas la vio se enamoró de ella, y después de cuatro años de matrimonio, su armonía conyugal, hecha de mucha ternura y dedicación, jamás había sido alterada.

El señor Lenormand se presentó. Pero ella lo miró sin responder y él se calló, porque aquella mujer no parecía, dentro de su estupor, ser capaz de comprender lo que él le decía.

Luego, de pronto, ella se echó a llorar copiosamente y pidió que la llevaran junto al cadáver de su marido.

En el vestíbulo, el señor Lenormand se encontró con Gourel, quien andaba buscándolo, y el cual le tendió un sombrero que llevaba en la mano.

—Jefe, he recogido esto… No hay error sobre la procedencia, ¿eh?

Era un sombrero blando, de fieltro negro. En el interior no había forro ni etiqueta.

—¿Dónde lo encontraste?

—En el descansillo del segundo piso, en la escalera de servicio.

—¿Y en los demás pisos nada?

—Nada. Hemos rebuscado por todas partes. No queda más que el primero. Y este sombrero prueba que el individuo bajó hasta allí. Estamos muy cerca, jefe.

—Ya lo creo.

En el fondo de la escalera, el señor Lenormand se detuvo y dio esta orden:

—Ve y dale al comisario la siguiente consigna: que ponga dos hombres al fondo de cada una de las cuatro escaleras, revólver en mano. Y que disparen si es preciso. Comprende esto, Gourel: si no logramos salvar a Chapman y si ese individuo se nos escapa, a mí me dan el cese. Hace ya dos horas que no hago sino fantasías.

Subió la escalera. En el primer piso encontró a dos

agentes que salían de una habitación guiados por un empleado del hotel.

El pasillo estaba desierto. El personal del hotel no osaba aventurarse por los pasillos y algunos huéspedes se habían encerrado a cal y canto en sus habitaciones, de modo que era preciso ir llamando a las puertas de aquellas durante mucho tiempo y darse a conocer para que los que estaban dentro abrieran.

Más lejos, el señor Lenormand divisó otro grupo de agentes que estaban visitando la oficina, y al extremo del largo pasillo vio todavía a otros más que estaban cerca del recodo, es decir, cerca de las habitaciones situadas del lado de la calle Judée.

Y de pronto oyó que aquellos agentes lanzaban exclamaciones y desaparecían corriendo. A su vez apuró el paso.

Los agentes se habían detenido en medio del pasillo. A sus pies, interrumpiendo el paso, con el rostro pegado a la alfombra, yacía un cuerpo.

El señor Lenormand se inclinó y tomó entre sus manos la cabeza inerte.

—¡Chapman! —murmuró—. Y está muerto…

Examinó el cadáver. Una bufanda de seda blanca le apretaba el cuello. Deshizo el nudo. Aparecieron unas manchas rojas y comprobó que aquella bufanda mantenía apretado contra la nuca un grueso tapón de guata todo ensangrentado.

Y una vez más era la misma pequeña herida, exacta, clara, implacable.

Avisados inmediatamente, el señor Formerie y el comisario acudieron.

—¿No salió nadie? —preguntó el jefe—. ¿No ha habido ninguna alerta?

—Nada —respondió el comisario—. Hay dos hombres de guardia en el fondo de cada escalera.

—¿Acaso no habrá subido otra vez? —preguntó el señor Formerie.

—En ese caso nos habríamos tropezado con él.

—No... Todo esto fue hecho hace bastante tiempo. Las manos ya están frías... El asesinato debió de haberse cometido casi inmediatamente después del otro... después que los dos hombres llegaron aquí por la escalera de servicio.

—Pero entonces el cadáver habría sido visto antes. Piense usted... cincuenta personas han pasado por aquí.

—Es que el cadáver no estaba aquí.

—En ese caso ¿dónde estaba?

—Y qué sé yo —replicó bruscamente el jefe de Seguridad—. Hagan como hago yo, busquen. No es con palabras como se encuentran cosas.

Con su mano nerviosa martilleaba con rabia el puño de su bastón, pero no se movía de allí, manteniendo los ojos fijos sobre el cadáver, silencioso y pensativo. Por último exclamó:

—Señor comisario, tenga la bondad de ordenar que trasladen el cadáver a una habitación vacía. Llamaremos al médico. Señor director haga el favor de abrirme las puertas de todas las habitaciones de este pasillo.

A la izquierda había tres habitaciones y dos salones, que formaban un apartamento desocupado, y que el señor Lenormand visitó. A la derecha había cuatro habitaciones. Dos estaban ocupadas por un señor llamado Reverdat y un italiano, el barón de Giacomici. Ambos se hallaban ausentes a esa hora.

En la tercera habitación se hospedaba una anciana inglesa, que aún se encontraba en cama, y en la cuarta un inglés que estaba leyendo y fumando pacíficamente, y a quien los ruidos del pasillo no le habían distraído de su lectura. El inglés era el comandante Parbury.

Las pesquisas y los interrogatorios no dieron, por lo

demás, resultado alguno. La anciana señorita no había oído nada con anterioridad a las exclamaciones de los agentes, ni ruido de lucha, ni gritos de angustia, ni riña. Y el comandante Parbury tampoco.

Además, no se descubrió ningún indicio sospechoso, ninguna huella de sangre, nada que hiciese suponer que el desventurado Chapman hubiera pasado por alguna de esas habitaciones.

—Es extraño —murmuró el juez de instrucción—. Todo esto es verdaderamente extraño…

Y luego confesó ingenuamente:

—Cada vez lo comprendo menos. Hay en todo ello una serie de circunstancias que en parte se me escapan. ¿Qué piensa usted, señor Lenormand?

El señor Lenormand iba a soltarle sin duda una de sus agudas respuestas con las que daba rienda suelta a su mal humor, cuando apareció Gourel todo sofocado, y dijo:

—Jefe… encontraron esto… abajo… en la oficina del hotel… sobre una silla…

Era un paquete de pequeñas dimensiones, anudado y cubierto por una envoltura de sarga negra.

—¿Lo han abierto? —preguntó el jefe.

—Sí, pero al ver lo que contenía volvieron a atar el paquete exactamente como estaba… apretado muy fuerte, como usted puede ver.

—Desátalo.

Gourel le quitó la envoltura y puso al descubierto un pantalón y una americana de muletón negro que, como los pliegues atestiguaban, habían sido empaquetados apresuradamente.

En medio del paquete apareció una servilleta toda manchada de sangre, la cual había sido metida en agua, sin duda para destruir las marcas de las manos que se habían enjuagado con ella.

Y dentro de la servilleta un estilete de acero con el mango incrustado de oro. Estaba rojo de sangre, de la sangre de los tres hombres asesinados en pocas horas por una mano invisible y en medio de las trescientas personas que iban y venían por el vasto hotel.

Edwards, el criado, reconoció inmediatamente el estilete como perteneciente al señor Kesselbach. Todavía la víspera antes de la agresión de Lupin, Edwards lo había visto sobre la mesa.

—Señor director —dijo el jefe de Seguridad—, la consigna queda anulada. Gourel va a dar la orden de que queden libres las puertas.

—Entonces, ¿cree usted que ese Lupin ha logrado salir? —interrogó el señor Formerie.

—No. El autor del triple asesinato que acabamos de comprobar se encuentra dentro del hotel, en una de las habitaciones, o, mejor dicho, mezclado entre los huéspedes que se hallan en el vestíbulo o en los salones. Para mí, vivía en el hotel.

—¡Eso es imposible! Y, además, ¿dónde se habría cambiado de ropa? ¿Y qué ropa vestiría ahora?

—Yo lo ignoro, pero yo afirmo lo que le he dicho.

—¿Y usted le deja el camino libre? Pero así se irá tranquilamente con las manos en los bolsillos.

—El viajero que se marche así, sin su equipaje y que no vuelva, será el culpable. Señor director, tenga la bondad de acompañarme a la oficina. Quisiera estudiar de cerca la lista de sus clientes.

En la oficina, el señor Lenormand encontró algunas cartas dirigidas al señor Kesselbach. Se las mandó al juez de instrucción.

Había también un paquete postal que acababa de traer el servicio correspondiente de correos de París. Como el papel que lo envolvía estaba en parte desgarrado, el señor

Lenormand pudo ver una cajita de ébano sobre la cual estaba grabado el nombre de Rudolf Kesselbach.

Abrió la cajita. Además de los pedazos de un espejo roto cuyo lugar en el interior de la caja podía percibirse aún, aquella contenía la tarjeta de Arsène Lupin.

Pero hubo un detalle que pareció llamar particularmente la atención del jefe de Seguridad. En el exterior, sobre la cajita, había una pequeña etiqueta bordeada de azul, parecida a la etiqueta que él había recogido del suelo en la habitación del cuarto piso, donde había sido encontrada la cigarrera, y esta etiqueta llevaba igualmente marcada la cifra 813.

2

El señor Lenormand comienza sus operaciones

I

—Auguste, que pase el señor Lenormand.

El portero salió, y segundos más tarde volvió acompañando al jefe de Seguridad.

En el vasto despacho del Ministerio de la plaza Beauvau había tres personas: el famoso Valenglay, jefe del partido radical desde hacía treinta años y actualmente presidente del Consejo y ministro del Interior, el señor Testard, fiscal general, y el prefecto de policía Delaume.

El prefecto de policía y el fiscal general no abandonaron sus asientos en los que habían permanecidos acomodados durante la larga conversación que acababan de sostener con el presidente del Consejo, pero este sí se levantó, y, estrechando la mano del jefe de Seguridad, le dijo con el tono más cordial:

—Yo no dudo, mi querido Lenormand, que usted no sepa ya la razón por la cual le he rogado que venga.

—¿El asunto Kesselbach?

—Sí.

¡El asunto Kesselbach! No hay nadie que no recuerde no solamente este trágico suceso del cual yo he emprendido la tarea de desenredar una madeja tan compleja, sino también las más pequeñas peripecias del drama que a todos nos apasionó dos años antes de la guerra. Y nadie tampoco que no recuerde la extraordinaria emoción que provocó, tanto en Francia como fuera de Francia. Pero, no obstante, más todavía que ese triple asesinato, llevado a cabo en las más misteriosas circunstancias, y más aún que la detestable ferocidad de tamaña carnicería, hay una cosa que sublevó al público, y fue la reaparición… cabe decir la resurrección… de Arsène Lupin.

¡Arsène Lupin! Nadie había vuelto a oír hablar de él desde hacía cuatro años, después de su increíble, su sorprendente aventura de *La aguja hueca;* desde el día en que delante de los propios ojos de Herlock Sholmès y de Isidore Beautrelet se había fugado en las tinieblas, llevando a cuestas el cadáver de aquella a quien amaba, y seguido de su vieja nodriza Victoria.

Desde ese día, en general, se le creía muerto. Tal era la versión de la policía, que, al no encontrar ninguna huella de su adversario, lo enterraba así pura y simplemente.

Sin embargo, algunos lo suponían salvado, atribuyéndole una existencia pacífica de buen burgués que cultivaba su jardín rodeado de su esposa y de sus hijos, en tanto que otros pretendían que, agobiado por el peso de los remordimientos y de las vanidades de este mundo, se había enclaustrado en un convento de trapenses.

¡Y he aquí que surgía de nuevo! ¡He aquí que reanudaba su lucha sin cuartel contra la sociedad! Arsène Lupin volvía a ser Arsène Lupin, el presuntuoso, el desconcertante, el audaz, el genial Arsène Lupin.

Sin embargo, esta vez se alzó un grito de horror. ¡Arsène Lupin había matado! Y el salvajismo, la crueldad, el cinismo implacable de su fechoría eran tales, que a causa de ello la leyenda del héroe simpático, del aventurero caballeresco y, dado el caso, sentimental, se borró para dar lugar a una nueva imagen de él que le hacía aparecer como un monstruo inhumano, sanguinario y feroz. La muchedumbre execraba y repudiaba a su antiguo ídolo con mayor violencia que antes lo había admirado por su gracia ágil y su divertido buen humor.

Y la indignación de esa muchedumbre se volvió inmediatamente contra la policía. Antaño, las gentes se habían reído. Se le perdonaba al comisario burlado, por la forma en que la burla había tenido lugar. Pero aquella broma había durado demasiado, y en un impulso de rebelión y de furia se exigían cuentas a las autoridades por los crímenes incalificables que se mostraba impotente para impedir.

Así ocurrió en los periódicos, en las reuniones públicas, en la calle e incluso en la tribuna de la Cámara de diputados, dando origen a tamaña explosión de cólera, que el propio Gobierno se conmocionó y buscó por todos los medios calmar la excitación pública.

Valenglay, presidente del Consejo, sentía precisamente un gusto muy específico y vivo por todas las cuestiones relativas a la policía, y a menudo se había complacido en seguir de cerca ciertos asuntos con el jefe de Seguridad, del cual elogiaba las cualidades y el carácter independiente. Convocó, pues, en su despacho al prefecto y al fiscal general, con los cuales conferenció, y luego al señor Lenormand.

—Sí, mi querido Lenormand, se trata del asunto Kesselbach. Pero antes de hablar voy a llamarle la atención sobre un punto… sobre un punto que atormenta particularmente al señor prefecto de policía. Señor Delaume, ¿quiere usted explicar al señor Lenormand…?

—¡Oh! El señor Lenormand sabe perfectamente a qué atenerse sobre este sujeto —replicó el prefecto con un tono que indicaba escasa benevolencia hacia su subordinado—. Ya hemos hablado los dos, yo le he expuesto mi manera de pensar sobre la forma desacertada en que ha llevado el asunto en el hotel Palace. De una manera general ha provocado indignación.

El señor Lenormand se levantó y sacó de su bolsillo un papel, el cual depositó sobre la mesa.

—¿Qué es esto, señor presidente?

Valenglay dio un salto.

—¿Qué? ¿Su dimisión? Por una observación benigna que le formula el señor prefecto, y a la cual él no le atribuye, por lo demás, ninguna importancia… ¿no es eso, Delaume, ninguna clase de importancia? Y he aquí que usted se ofende… Admitirá, mi buen Lenormand, que tiene usted un carácter endiablado. Vamos, guárdese usted ese pedazo de papel y hablemos en serio.

El jefe de Seguridad volvió a sentarse, y Valenglay, imponiéndole silencio al prefecto, que no ocultaba su descontento, manifestó:

—Dicho en dos palabras, Lenormand, he aquí la cuestión: la reaparición en escena de Lupin nos fastidia. Ya durante bastante tiempo ese animal se ha estado burlando de nosotros. Era divertido, lo confieso, y, por mi parte, yo era el primero en reírme. Pero ahora ya se trata de crímenes. Podíamos soportar a Arsène Lupin mientras él divertía a la galería. Pero si mata, no.

—Entonces, señor presidente, ¿qué me pide usted?

—¿Qué le pedimos? ¡Oh! Es bien sencillo. Primero su detención… y enseguida su cabeza.

—Su detención puedo prometérsela a ustedes un día u otro. Pero no su cabeza.

—¡Cómo! Si se le detiene, entonces serán los tribunales los que se encargarán de él y la condena será inevitable… y el patíbulo.

—No.

—¿Y por qué no?

—Porque Lupin no ha matado.

—¿Qué? Pero ¿está usted loco, Lenormand? Entonces, ¿los cadáveres del hotel Palace son una fábula, acaso? ¿No ocurrió allí un triple asesinato?

—Sí, pero no es Lupin quien lo ha cometido.

El jefe de Seguridad pronunció esas palabras con la mayor calma y una tranquilidad y convicción impresionantes.

El fiscal y el prefecto protestaron. Pero Valenglay prosiguió:

—¿Supongo, Lenormand, que no plantea esa hipótesis sin tener motivos serios para ello?

—No es una hipótesis.

—¿Las pruebas?

—Hay en primer lugar dos pruebas de naturaleza moral que yo le expuse sobre el terreno al señor juez de instrucción, y que los periódicos han subrayado. Ante todo, Lupin no mata. Y seguidamente ¿para qué habría de matar, puesto que el objeto de su aventura, el robo, estaba ya realizado, y nada tenía que temer de un adversario amarrado y amordazado?

—Sea. Pero ¿y los hechos?

—Los hechos nada valen contra la razón y la lógica, y además, los hechos están a mi favor. ¿Qué significaría la presencia de Lupin en la habitación donde fue encontrada la cigarrera? Por otra parte, la ropa negra que se encontró, y que evidentemente era la del asesino, no concuerdan en modo alguno con la talla de Arsène Lupin.

—Entonces, ¿usted le conoce?

—Yo, no, pero Edwards ha visto al asesino y Gourel también le ha visto, y el individuo a quien ellos vieron no es el mismo que la camarera vio en la escalera del servicio llevando a Chapman de la mano.

—Entonces, ¿cuál es el sistema de usted?

—Querrá usted decir «mi verdad» señor presidente.

Pues hela aquí, o cuando menos lo que yo sé de la verdad: el martes, dieciséis de abril, un individuo… Lupin… irrumpió en la habitación del señor Kesselbach a eso de las dos de la tarde…

Una explosión de risa interrumpió al señor Lenormand. Era el prefecto de policía, que dijo:

—Permítame decirle, señor Lenormand, que usted precisa con excesiva rapidez. Está demostrado que, a las tres de la tarde de ese día, el señor Kesselbach entró en el Crédit Lyonnais y allí bajó a la sala de las cajas fuertes. Su firma, estampada en el registro, lo atestigua.

El señor Lenormand esperó respetuosamente a que su superior acabara de hablar. Luego, sin siquiera tomarse la molestia de responder directamente al ataque, continuó:

—Hacia las dos de la tarde, Lupin, ayudado por un cómplice, un individuo llamado Marcos, ató al señor Kesselbach, le despojó de todo el dinero en moneda que llevaba encima y le obligó a revelarle la cifra secreta de su caja fuerte del Crédit Lyonnais. Inmediatamente, conocido ya el secreto, Marcos marchó hacia allí. Se reunió con otro cómplice, el cual, aprovechando un cierto parecido que tenía con el señor Kesselbach, parecido que, por lo demás, hizo más pronunciado llevando una ropa semejante a la del señor Kesselbach y poniéndose a la vez unas gafas doradas, entró en el Crédit Lyonnais, imitó la firma del señor Kesselbach, vació la caja de su contenido y regresó acompañado de Marcos. Este inmediatamente telefoneó a Lupin. Y Lupin, ya seguro entonces de que el señor Kesselbach no le había engañado, y una vez alcanzado el objetivo de su expedición, se marchó.

Valenglay parecía dudar.

—Sí… sí… admitamos eso… Pero lo que me sorprende es que un hombre como Lupin haya arriesgado tanto para conseguir un beneficio tan pequeño… unos billetes de banco y el contenido, siempre, hipotético, de una caja fuerte.

—Lupin ambicionaba más que eso. Quería apoderarse o bien de la carterita de tafilete que estaba en el saco de viaje, o bien de la cajita de ébano que se encontraba en la caja fuerte. Esta cajita la consiguió, puesto que la devolvió vacía. Por consiguiente, hoy conoce, o está camino de conocer, el famoso proyecto que había forjado el señor Kesselbach, y sobre el cual le había hablado a su secretario momentos antes de su muerte.

—¿Y qué proyecto era ese?

—Yo no lo sé. El director de la agencia Barbareux, al cual se había confiado, me ha dicho que el señor Kesselbach andaba a la busca de un individuo... un individuo que al parecer había perdido su posición, llamado Pierre Leduc. ¿Cuál era la razón de esa búsqueda? ¿Y con qué eslabones se le puede ligar al proyecto? Yo no podría decirlo.

—Sea —concluyó Valenglay—. Vamos con Arsène Lupin. Su papel ha acabado, el señor Kesselbach está atado, despojado de todo... pero vivo... Entonces, ¿qué ocurrió, hasta que fue encontrado muerto?

—Nada durante dos horas; nada hasta la noche. Pero en el curso de la noche entró allí alguien.

—¿Por dónde?

—Por la habitación cuatrocientos veinte... una de las habitaciones que habían sido reservadas para la señora Kesselbach. El individuo que entró poseía evidentemente una llave falsa.

—No obstante —exclamó el prefecto de policía—, entre esa habitación y el apartamento, todas las puertas estaban cerradas con cerrojo... ¡Y hay cinco!

—Quedaba el balcón.

—¡El balcón!

—Sí, es el mismo balcón para todo el piso y da a la calle de Judée.

—¿Y las separaciones que existen en ese balcón?

—Un hombre ágil puede salvarlas. Nuestro hombre las salvó; tengo las huellas.

—Pero todas las ventanas del apartamento estaban cerradas, y se ha comprobado que después del crimen lo estaban todavía.

—Salvo una, la del secretario Chapman, la cual no estaba más que entornada; yo mismo hice la prueba.

Esta vez el presidente del Consejo pareció un tanto vacilante, de tal modo la versión del señor Lenormand parecía lógica, colmada de hechos sólidos. Y con interés preguntó:

—Pero ese hombre, ¿con qué objeto acudía allí?

—No lo sé.

—¡Ah! Usted no lo sabe…

—No, lo mismo que tampoco sé su nombre.

—Pero ¿por qué razón mató?

—Yo lo ignoro. A lo sumo cabe el derecho a suponer que no iba allí con la intención de matar, sino con la intención, él también, de apoderarse de los documentos contenidos en la cartera de tafilete negro y en la cajita, y que, colocado por la casualidad frente a un enemigo reducido a la impotencia, le ha matado.

Valenglay murmuró:

—Eso es posible… sí, en rigor… ¿Y, según usted, encontró los documentos?

—No encontró la cajita, puesto que no estaba allí, pero encontró en el fondo de la bolsa de viaje la carterita de tafilete negro. De modo que Lupin y… el otro se encuentran los dos en el mismo punto: los dos saben sobre el proyecto del señor Kesselbach las mismas cosas.

—Es decir —observó el presidente— que van a combatirse mutuamente.

—Exacto. Y la lucha ha comenzado ya. El asesino, habiendo encontrado una tarjeta de Arsène Lupin, se la puso sujeta con un alfiler al cadáver. Todas las apariencias se pondrían así contra Lupin… Entonces, Arsène Lupin sería el asesino.

—En efecto… —declaró Valenglay—, el cálculo no carecía de exactitud.

—Y la estratagema habría tenido éxito —continuó el señor Lenormand— si a causa de otra casualidad, esta desfavorable, el asesino, bien sea al ir o bien al venir, no hubiera perdido su cigarrera en la habitación cuatrocientos veinte y si el criado del hotel, Gustave Beudot no la hubiera encontrado y recogido. Desde ese momento, sabiéndose descubierto o a punto de serlo…

—¿Cómo lo sabía él?

—¿Cómo? Pues por el propio juez de instrucción, Formerie. ¡La investigación se llevó a cabo con todas las puertas abiertas! Es seguro que el asesino se ocultaba entre los concurrentes, empleados del hotel o periodistas cuando el juez de instrucción envió a Gustave Beudot a su buhardilla a buscar la cigarrera. Beudot subió, y el individuo le siguió y le atacó. Era la segunda víctima.

Nadie protestaba ya. El drama era así reconstruido, repleto de exactitud verosímil.

—¿Y el tercer asesinato? —preguntó Valenglay.

—Esta víctima se ofreció ella misma al sacrificio. Al no ver regresar a Beudot, Chapman, lleno de curiosidad por examinar él mismo la cigarrera, se fue con el director del hotel. Sorprendido por el asesino, fue llevado por él a una de las habitaciones y a su vez asesinado allí.

—Pero ¿por qué se dejó llevar así y dirigir por un hombre que él sabía que era el asesino del señor Kesselbach y de Gustave Beudot?

—Yo no lo sé, como tampoco conozco la habitación donde fue cometido el crimen, ni más ni menos que no adivino la forma verdaderamente milagrosa en que el culpable se escapó.

—Se ha hablado —manifestó el señor Valenglay— de dos etiquetas azules.

—Sí, una fue encontrada sobre la cajita que Lupin ha devuelto, y la otra la encontré yo, y provenía, sin duda, de la carterita de tafilete que el asesino había robado.

—¿Y entonces?

—Pues entonces, para mí esas etiquetas no significan nada. Lo que sí significa algo es esa cifra ochocientos trece que el señor Kesselbach inscribió sobre cada una de ellas… se ha reconocido su propia escritura.

—¿Y esa cifra ochocientos trece?

—Misterio.

—¿Y así?

—Así debo responderle a usted, una vez más, que yo no sé nada.

—¿No tiene usted sospechas?

—Ninguna. Dos de mis hombres están viviendo ahora en una habitación del hotel Palace, en el piso donde fue encontrado el cadáver de Chapman. Por medio de ellos hago vigilar a todas las personas del hotel. El culpable no está entre las que se han marchado.

—¿No hubo ninguna llamada telefónica durante esa matanza?

—Sí. Desde la ciudad alguien ha telefoneado al comandante Parbury, que es una de las cuatro personas que están alojadas en las habitaciones del pasillo del primer piso.

—¿Y ese comandante?

—Lo hago vigilar por mis hombres; hasta ahora nada han descubierto contra él.

—¿Y en qué sentido va usted a orientar sus pesquisas?

—¡Oh! En un sentido muy preciso. Para mí, el asesino se encuentra entre los amigos o los conocidos del matrimonio Kesselbach. Les seguía la pista, conocía sus costumbres, las razones por las cuales el señor Kesselbach se encontraba en París y sospechaba, cuando menos, la importancia de sus proyectos.

—Entonces, ¿no se trataría de un profesional del crimen?

—¡No, no! Mil veces no. El crimen fue ejecutado con una habilidad y una audacia inauditas, pero fue impuesto por las circunstancias. Repito, es en el propio círculo del señor y la señora Kesselbach donde hay que buscar. Y la prueba de ello es que el asesino del señor Kesselbach mató a Gustave Beudot solo por el hecho de que el mozo del hotel tenía en su poder la cigarrera, y a Chapman porque el secretario conocía la existencia de aquella. Recuerde usted la emoción que experimentó Chapman ante la descripción brusca del drama de la cigarrera. Si él hubiera llegado a verla, hubiéramos sido informados al respecto. El desconocido no se equivocó: suprimió a Chapman. Y nosotros no sabemos nada, salvo que las iniciales son una L y una M.

El jefe de Seguridad reflexionó por unos momentos, y luego añadió:

—Y todavía hay una prueba más que constituye una respuesta a una de sus preguntas, señor presidente. ¿Cree usted que Chapman hubiera seguido a ese hombre por los pasillos y las escaleras del hotel si no le hubiera conocido ya de antes?

Los hechos se acumulaban. La verdad, o cuando menos la verdad probable, iba fortificándose. Muchos puntos, acaso los más interesantes, permanecían oscuros. Pero, a la par, ¡cuánta luz a falta de los motivos que los habían inspirado, cómo se percibía claramente la serie de actos realizados en aquella trágica mañana!…

Se produjo un silencio. Cada uno meditaba, buscaba argumentos, objeciones que formular. Por fin, Valenglay exclamó:

—Mi querido, señor Lenormand, todo eso me parece

perfecto… Usted me ha convencido… Pero, en el fondo, a pesar de ello no hemos adelantado nada.

—¿Cómo?

—Pues claro. El objeto de nuestra reunión no es, en modo alguno, el descifrar una parte del enigma, que un día u otro, yo no lo dudo, usted descifrará por completo, sino el de dar satisfacción en la mayor medida posible a las exigencias del público. Sin embargo, el que el asesino sea Lupin o no, que haya dos culpables o bien tres, o bien uno solo, eso no nos proporciona el nombre del culpable ni su detención. Y el público tiene siempre esa impresión desastrosa de que la Justicia es impotente.

—¿Y qué puedo hacer yo?

—Precisamente darle al público la satisfacción que este exige.

—Pero a mí me parece que esas explicaciones serían suficientes…

—¡Son solo palabras! El público quiere hechos. Solo una cosa lo satisfaría: una detención.

—¡Diablos! ¡Diablos! Pero nosotros no podemos detener al primero que encontremos.

—Pues eso valdría más que el no detener a nadie —replicó Valenglay, riendo—. Veamos, busque bien… ¿Está usted seguro de Edwards, el criado de Kesselbach?

—Absolutamente seguro… Y, además, eso, señor presidente, sería peligroso, ridículo… y estoy seguro de que el propio señor fiscal… No hay más que dos individuos a quienes nosotros tenemos derecho a detener…: al asesino… y a este yo no le conozco… Arsène Lupin.

—¿Y entonces?

—No se detiene así como así a Arsène Lupin… o por lo menos hace falta tiempo para ello, un conjunto de medidas… que yo no he tenido tiempo para combinar, por cuanto yo creía a Lupin apartado… o acaso muerto.

Valenglay golpeó el suelo con el pie con la impaciencia de un hombre que quiere a toda costa que sus deseos sean cumplidos inmediatamente.

—No obstante... no obstante... mi querido Lenormand, es preciso... Y es preciso para usted también... No deja usted de saber que tiene enemigos poderosos... y que si yo no estuviera aquí... En fin, resulta inadmisible que usted, Lenormand, vacile de esta manera... Y en cuanto a los cómplices, ¿qué hace usted? No hay solamente Lupin... Hay también Marcos... y hay, así mismo, el pícaro que representó el papel del señor Kesselbach para bajar a los sótanos del Crédit Lyonnais.

—¿Le bastaría a usted con ese, señor presidente?

—¡Que si me bastaría! ¡Maldita sea! Claro que sí.

—Bien, entonces concédame usted ocho días.

—¡Ocho días! Pero esta no es una cuestión de días, es una cuestión de horas.

—¿Cuántas me da, señor presidente?

Valenglay sacó su reloj, y replicó con sorna:

—Le doy a usted diez minutos, mi querido Lenormand.

El jefe de Seguridad sacó a su vez su reloj, y respondió con voz tranquila:

—Sobran cuatro, señor presidente.

II

Valenglay le miró estupefacto.

—¿Sobran cuatro? ¿Qué es lo que usted quiere decir?

—Digo, señor presidente, que los diez minutos que usted me concede son inútiles. Yo solo necesito seis, ni uno más.

—Vamos, Lenormand... acaso la broma no resultaría de buen gusto...

El jefe de Seguridad se acercó a la ventana e hizo seña a dos hombres que se paseaban por el patio de honor del Ministerio. Luego regresó a su sitio.

—Señor fiscal general, tenga la bondad de firmar una orden de detención a nombre de Daileron, cuyos nombres propios son Auguste-Maximin-Philippe, de cuarenta y siete años. Deje la profesión en blanco.

Después abrió la puerta de entrada.

—Puedes venir, Gourel... y tú también, Dieuzy.

Gourel se presentó, escoltado por el inspector Dieuzy.

—¿Tienes las esposas, Gourel?

—Sí, jefe.

El señor Lenormand se adelantó hacia Valenglay.

—Señor presidente, todo está dispuesto. Pero yo insisto ante usted de la manera más apremiante pidiéndole que renuncie a esta detención. Desorganiza todos nuestros planes; puede incluso hacerlos abortar, y por una satisfacción, en suma mínima, corre el riesgo de comprometerlo todo.

—Señor Lenormand, quiero hacerle observar que no le quedan ya más que ochenta segundos.

El jefe reprimió un gesto de contrariedad, recorrió la estancia a derecha e izquierda apoyándose en su bastón, se sentó con aire furioso, cual si hubiera decidido callarse, y luego, de pronto, tomando una resolución, dijo:

—Señor presidente, la primera persona que entrará en este despacho será aquella cuya detención usted ha querido... contra mis deseos, que así conste.

—Solo le quedan quince segundos, Lenormand.

—Gourel... Dieuzy... la primera persona, ¿no es eso? Señor fiscal general, ¿ha puesto usted su firma?

—No le quedan más que diez segundos, Lenormand.

—Señor presidente, ¿quiere usted tener la bondad de tocar el timbre?

Valenglay tocó.

El portero se presentó en el umbral de la puerta y esperó.

Valenglay se volvió hacia el jefe.

—Y bien, Lenormand, esperamos sus órdenes… ¿A quién hay que pasar aquí?

—A nadie.

—Pero ¿y ese pícaro de quien usted hablaba y cuya detención prometió? Los seis minutos ya hace mucho que pasaron.

—Sí, pero el pícaro está aquí.

—¿Cómo? No comprendo… nadie ha entrado.

—Sí.

—¡Oh! ¡Vamos! Pero… vamos a ver… Lenormand, usted se está burlando de mí… Le repito que no ha entrado nadie.

—En este despacho estábamos cuatro, señor presidente, y ha entrado uno más.

Valenglay dio un salto en su asiento.

—¿Cómo? ¡Qué locura es esa!… ¿Qué quiere usted decir?

Los dos agentes se habían deslizado, colocándose entre la puerta y el portero.

El señor Lenormand se acercó a aquel último, le colocó la mano sobre el hombro y con fuerte voz le dijo:

—En nombre de la ley, Daileron, Auguste-Maximin-Philippe, jefe de los ujieres de la Presidencia del Consejo, yo le detengo.

Valenglay rompió a reír, y exclamó:

—¡Ah! Muy bueno… esa es una buena broma… Este condenado Lenormand las tiene muy graciosas. Bravo, Lenormand, hace ya tiempo que yo no me había reído tanto…

El señor Lenormand se volvió hacia el fiscal general, y le dijo:

—Señor fiscal general, no olvide usted de poner en la orden de detención la profesión del señor Daileron, ¿no es así?, jefe de ujieres de la Presidencia del Consejo...

—Pero sí... pero sí... jefe de los ujieres en... la Presidencia del Consejo —tartamudeó Valenglay, sujetándose los costados para reír—. ¡Ah! Este buen Lenormand tiene buenos golpes de ingenio... El público exigía una detención... y he aquí que le arroja a la cabeza, ¿a quién? A mi jefe de ujieres... a Auguste... el servidor modelo... Pues bien, en verdad, Lenormand, yo le consideraba dotado de una cierta dosis de fantasía, pero ¡no hasta ese punto, querido! ¡Qué tupé tiene usted!

Desde el principio de esta escena, Auguste no se había movido y parecía no comprender nada de lo que ocurría en torno a él. Su cara de subalterno leal y fiel tenía un aire completamente asombrado. Miraba alternativamente a los interlocutores, realizando un visible esfuerzo para descifrar el sentido de sus palabras.

El señor Lenormand le dijo unas palabras a Gourel, el cual sonrió. Luego, este, adelantándose hacia Auguste, le dijo sin ambages:

—No hay nada que hacer. Estás atrapado. Lo mejor es entregarse cuando la partida está perdida. ¿Qué hiciste el martes?

—¿Yo? Nada. Yo estaba aquí.

—Mientes. Era tu día de permiso. Tú saliste.

—En efecto... lo recuerdo... un amigo de mi provincia que llegó... nos fuimos a pasear al Bois de Boulogne.

—Tu amigo se llama Marcos. Y donde vosotros os paseasteis fue en los sótanos del Crédit Lyonnais.

—¡Yo! ¡Qué idea tan absurda! ¿Marcos? Yo no conozco a nadie que se llame así.

—¿Y esto… conoces esto? —le gritó el jefe, metiéndole delante de las narices un par de gafas con la montura dorada.

—Pero… no… pero no… yo no uso gafas…

—Sí. Tú las llevabas cuando fuiste al Crédit Lyonnais y allí te hiciste pasar por el señor Kesselbach. Estas gafas fueron encontradas en la habitación que tú ocupas, bajo el nombre de señor Jérôme, en el número cinco de la calle Colisée.

—¿Yo una habitación? Yo duermo en el Ministerio.

—Pero te cambias de ropa allí para representar tus papeles en la banda de Lupin.

El portero se pasó la mano por la frente perlada de sudor. Estaba lívido. Balbució:

—Yo no comprendo nada… dice usted unas cosas… unas cosas…

—¿Acaso necesitas que te lo hagan comprender mejor? Mira, aquí está lo que se ha encontrado entre los papeles desechados que tú arrojas en el cesto, debajo de tu escritorio de la antecámara, aquí mismo.

Y el señor Lenormand desplegó una hoja de papel con el membrete del Ministerio en el cual podía leerse en diversos lugares y trazado con una letra insegura: «Rudolf Kesselbach».

—Y ahora, ¿qué dices de esto, excelente servidor? ¿Eran ejercicios de aplicación imitando la firma del señor Kesselbach, no es esto una prueba?

Un puñetazo recibido en pleno pecho hizo tambalear al señor Lenormand. De un salto, Auguste alcanzó la ventana abierta, cabalgó sobre el soporte de aquella y saltó al patio de honor.

—¡Maldita sea! —gritó Valenglay—. ¡Ah! Ese bandido…

Tocó el timbre, corrió, intentó llamar por la ventana. Pero el señor Lenormand le dijo con la mayor calma:

—No se agite usted, señor presidente…

—Pero ese canalla de Auguste…

—Un segundo, se lo ruego… yo ya tenía previsto este

desenlace... incluso lo daba por descontado... no hay mejor confesión que eso...

Dominado por tanta sangre fría, Valenglay volvió a su sitio. Al cabo de unos instantes, Gourel hacía su entrada en el despacho trayendo sujeto por el cuello de la americana al señor Daileron, Auguste-Maximin-Philippe, alias *Jérôme*, jefe de los ujieres en la Presidencia del Consejo.

—Tráelo, Gourel —dijo el señor Lenormand—. O, como se le dice al buen perro de caza que regresa con la pieza apresada en su boca: «Porta». ¿Se dejó agarrar?

—Mordió un poco, pero le apreté duro —replicó el brigadier, mostrando su mano enorme y nudosa.

—Muy bien, Gourel. Y ahora lleve a este hombre a la prisión central en un coche. Y sin despedidas, señor Jérôme.

Valenglay se sentía muy divertido. Se frotaba las manos riendo. La idea de que el jefe de sus ujieres fuese uno de los cómplices de Lupin le parecía la más encantadora y la más irónica de las aventuras.

—Bravo, mi querido Lenormand. Todo esto es admirable, pero ¿cómo diablos ha maniobrado usted?

—¡Oh! De la manera más sencilla. Yo sabía que el señor Kesselbach se había dirigido a la agencia de Barbareux y que Lupin se había presentado en su casa, manifestando que iba de parte de esa agencia. Busqué por ese lado, y descubrí que la indiscreción cometida en perjuicio del señor Kesselbach y de Barbareux no podía haber sido sino en beneficio de un sujeto llamado Jérôme, amigo de un empleado de la agencia. Si no me hubiera usted ordenado llevar las cosas tan bruscamente, ya estaba vigilando al ujier y por él hubiera llegado a Marcos y a Lupin.

—Usted llegará, Lenormand. Y nosotros vamos a presenciar el espectáculo más apasionante del mundo: la lucha entre usted y Lupin. Yo apuesto por usted.

Al día siguiente, los periódicos publicaban esta carta:

Carta abierta al señor Lenormand jefe de seguridad:

Mis felicitaciones, querido señor y amigo, por la detención del ujier Jérôme. Fue una buena tarea, bien hecha y digna de usted.

Mis felicitaciones igualmente por la forma ingeniosa en que usted le probó al presidente del Consejo que yo no era el asesino del señor Kesselbach. Su demostración fue clara, lógica, irrefutable y, lo que es más importante, verídica. Como usted ya sabe, yo no mato. Gracias por haberlo establecido así en esta ocasión. La estima de nuestros contemporáneos y la de usted, querido señor y amigo, me son indispensables.

En compensación permítame ayudarle en la persecución del monstruoso asesino y de prestarle mi hombro en el asunto Kesselbach. Asunto muy interesante, créame usted; tan interesante y tan digno de mi atención, que salgo del retiro en que yo vivía desde hace cuatro años entre mis libros y con mi buen perro Sherlock, toco a rebato llamando a todos mis camaradas y me lanzo de nuevo a la lucha.

¡Qué vueltas tan inesperadas da la vida! Heme aquí convertido en su colaborador. Tenga la Seguridad, querido señor y amigo, que me felicito de ello y que aprecio en su justo valor este favor del Destino.

ARSÈNE LUPIN

Posdata: Todavía una palabra más, por la cual no dudo que usted me dará su aprobación. Como no es conveniente que un caballero que tuvo el glorioso privilegio de combatir bajo mi bandera se pudra sobre la húmeda paja de prisiones, creo un deber prevenirle lealmente que dentro de cinco semanas, el viernes 31 de mayo, pondré en libertad al señor Jérôme, ascendido por mí al grado de jefe de los ujieres de la Presidencia del Consejo. No olvide usted la fecha: el viernes 31 de mayo. —A. L.

3

El príncipe Sernine se pone al trabajo

I

Un piso bajo en la esquina del bulevar Haussmann y de la calle de Courcelles… Es allí donde vive el príncipe Sernine, uno de los miembros más brillantes de la colonia rusa en París y cuyo nombre aparece a cada instante en las notas de sociedad de los periódicos, entre los que salen o regresan de pasar temporadas de vacaciones.

Son las once de la mañana. El príncipe entra en su gabinete de trabajo. Es un hombre de treinta y cinco a treinta y ocho años, cuyo cabello castaño está mezclado con algunos hilos de plata.

Su aspecto revela una buena salud. Usa bigote espeso y unas patillas muy cortas, apenas dibujadas sobre la fresca piel de las mejillas.

Está correctamente vestido con una levita gris que le sujeta el talle y un chaleco de bordes de terliz blanco.

—Vamos —dijo a media voz—, creo que la jornada va a ser dura. Luego abrió una puerta que daba a una amplia habitación, donde esperaban algunas personas, y dijo:

—¿Está aquí Varnier? Entra, Varnier.

Un hombre con aspecto de pequeño burgués, ventrudo,

fuerte, bien erguido sobre sus piernas, acudió a su llamada. El príncipe cerró la puerta detrás de ellos.

—Bueno, ¿qué es lo que has hecho, Varnier?

—Todo está dispuesto para esta noche, jefe.

—Magnífico. Cuéntame en breves palabras.

—He aquí. Después del asesinato de su marido, la señora Kesselbach, guiándose por los folletos que usted hizo que le mandaran, ha escogido para vivienda la casa de retiro para damas situado en Garches. Vive en el fondo del jardín, en el último de los cuatro pabellones que la dirección alquila a las damas que desean vivir completamente al margen de las demás pensionistas: el pabellón de la Emperatriz.

—¿Y qué criados tiene?

—Su dama de compañía, Gertrude, con la cual llegó unas horas después del crimen, y la hermana de Gertrude, Suzanne, a quien hizo venir de Montecarlo y que le sirve de camarera. Estas dos hermanas le son completamente fieles.

—¿Y Edwards, el criado?

—No se ha quedado con ellas. Edwards regresó a su tierra.

—¿Ella recibe visitas?

—No recibe a nadie. Pasa el tiempo tendida sobre un diván. Parece muy debilitada, enferma. Llora mucho. Ayer, el juez de instrucción permaneció dos horas con ella.

—Bien. Ahora háblame de la muchacha.

—La señorita Geneviève Ernemont vive del otro lado de la carretera… en una callejuela que corre hacia pleno campo; y en esa callejuela, en la tercera casa a la derecha, tiene una escuela libre y gratuita para niños retrasados. Su abuela, la señora Ernemont, vive con ella.

—Y conforme a lo que tú me has escrito, ¿Geneviève Ernemont y la señora Kesselbach se conocen ya?

—Sí, la muchacha ha ido a pedirle a la señora Kesselbach ayuda para su escuela. Debieron de agradarse mutuamente, pues he aquí que hace cuatro días que salen juntas al parque de Villeneuve, del cual el jardín de la casa de retiro no es más que una dependencia.

—¿A qué hora salen?

—De cinco a seis. A las seis exactamente, la joven regresa a su escuela.

—Entonces, ¿tú has organizado la cosa?

—Para hoy a las seis. Todo está listo.

—¿Y no habrá nadie?

—No habrá nadie en el parque a esa hora.

—Muy bien. Estaré allí. Vete.

Le hizo salir por la puerta del vestíbulo, y, regresando luego a la sala de espera, llamó.

—Los hermanos Doudeville.

Entraron dos jóvenes vestidos con una elegancia un poco rebuscada, de ojos vivos y aspecto simpático.

—Buenos días, Jean. Buenos días, Jacques. ¿Qué hay de nuevo en la Prefectura?

—No hay gran cosa, jefe.

—El señor Lenormand, ¿continúa confiando en vosotros?

—Siempre. Después de Gourel, nosotros somos sus inspectores favoritos. La prueba es que nos ha instalado en el hotel Palace para vigilar a las personas que se alojaban en las habitaciones del pasillo del primer piso en el momento del asesinato de Chapman. Todas las mañanas, Gourel va allí, y nosotros le proporcionamos el mismo informe que a usted.

—Perfecto. Es esencial que yo esté al corriente de todo cuanto se hace y de todo cuanto se dice en la Prefectura de Policía. Mientras Lenormand os crea hombres suyos, yo soy el dueño de la situación. Y en el hotel, ¿habéis descubierto alguna pista?

Jean Doudeville, el mayor, respondió:

—La inglesa, aquella que vivía en una de las habitaciones, se ha marchado.

—Eso no me interesa. Ya tengo mis informes. Pero ¿y su vecino, el comandante Parbury?

Los dos jóvenes parecieron turbados. Por fin, uno de ellos respondió:

—Esta mañana el comandante Parbury ordenó que transportaran su equipaje a la estación del Norte para el tren de las doce y cincuenta del mediodía, pero él personalmente salió en automóvil. Nosotros estuvimos vigilando la salida del tren, y el comandante no apareció.

—¿Y el equipaje?

—Lo mandó a buscar de nuevo a la estación.

—¿Por quién?

—Por un comisionado, nos dijeron.

—¿De modo que se perdió su pista?

—Sí.

—¡Vaya! —exclamó alegremente el príncipe.

Los otros le miraron asombrados.

—Pues sí… he ahí un indicio.

—¿Cree usted?

—Evidentemente. El asesinato de Chapman no pudo haber sido cometido más que en una de las habitaciones de ese pasillo. Es allí, a la habitación de un cómplice, adonde el asesino del señor Kesselbach había llevado al secretario, y es allí donde mató a este, y donde se cambió de ropa, y es el cómplice quien, una vez que se marchó el asesino, depositó el cadáver en el pasillo. Pero ¿quién es el cómplice? La forma en que desapareció el comandante Parbury probaría que él no es extraño al asunto. Pronto, telefoneadle esta buena noticia al señor Lenormand o a Gourel. Es preciso que en la Prefectura estén lo más pronto posible al corriente de ello. Esos caballeros y yo marchamos mano sobre mano.

Les hizo todavía algunas recomendaciones concernientes al doble papel que estaban representando de inspectores de la policía y al servicio del príncipe Sernine, y los despidió.

En la sala de espera quedaban aún dos visitantes. Mandó pasar a uno de ellos.

—Mil perdones, doctor —le dijo—. Soy tuyo. ¿Cómo está Pierre Leduc?

—Muerto.

—¡Oh! ¡Oh! —dijo Sernine—. Yo ya lo esperaba así después de tu recado de esta mañana. Pero, a pesar de todo, el pobre mozo no ha durado mucho…

—Estaba completamente gastado… hasta la cuerda. Un síncope y se acabó todo.

—¿Y no ha hablado?

—No.

—¿Estás seguro que desde el día en que le recogimos juntos bajo la mesa de un café de Belleville… estás seguro de que nadie en tu clínica ha sospechado que era él, Pierre Leduc, a quien la policía busca… ese misterioso Pierre Leduc a quien el señor Kesselbach quería encontrar a toda costa?

—Nadie. Ocupaba una habitación aparte. Además, yo había envuelto su mano izquierda con un vendaje para que no se pudiera ver la herida del meñique. En cuanto a la cicatriz en la mejilla, resulta invisible debajo de la barba crecida.

—¿Y tú mismo le vigilaste?

—Yo mismo. Y conforme a las instrucciones que usted me dio, aproveché para interrogarle todos los momentos en que parecía más lúcido. Pero lo único que logré obtener fueron balbuceos ininteligibles.

El príncipe murmuró pensativamente:

—Muerto… Pierre Leduc está muerto… Todo el asunto Kesselbach descansaba evidentemente sobre él y he aquí que… he aquí que desaparece… sin una revelación… sin una sola palabra sobre él, sobre su pasado… ¿Es preciso que yo me embarque en esta aventura, de la cual todavía no conozco nada? Es peligroso… Puede hundirme…

Reflexionó un momento y exclamó:

—¡Bah! Tanto peor. Seguiré adelante a pesar de todo. El que Pierre Leduc haya muerto no es una razón suficiente para que yo abandone la partida. ¡Al contrario! Y la ocasión es demasiado tentadora. Pierre Leduc ha muerto. ¡Viva Pierre Leduc!… Vete, doctor. Regresa a tu casa. Esta noche te telefonearé.

El doctor salió.

—Ya estamos solos, Philippe —dijo Sernine al último visitante que quedaba, y que era un hombre pequeño, de cabellos grises, vestido como un mozo de hotel, pero de hotel de décima clase.

—Jefe —comenzó diciendo Philippe—, le recordaré que la semana pasada me hizo entrar como camarero de cuartos en el hotel Deux-Empereurs, en Versalles, para vigilar a un joven.

—Sí, ya sé… Gérard Baupré. ¿Cómo está?

—Con todos los recursos agotados.

—¿Siempre con ideas negras?

—Siempre. Quiere matarse.

—¿Es en serio?

—Muy en serio. He encontrado entre sus papeles esta pequeña nota escrita a lápiz.

—¡Ah, ah! —exclamó Sernine, leyendo la nota—. Anuncia su muerte… y eso sería para esta noche.

—Sí, jefe, la cuerda está ya preparada y el gancho sujeto al techo. Entonces, conforme a las órdenes de usted, me puse en contacto con él y me contó sus miserias, y yo le aconsejé que se dirigiera a usted. Le dije: «El príncipe Sernine es rico. Y es generoso. Quizá le ayude».

—Todo eso está muy bien. ¿De modo que él va a venir?

—Está aquí ya.

—¿Cómo lo sabes?

—Le he seguido. Tomó el tren de París y a esta hora se pasea de arriba abajo por el bulevar. De un momento a otro se decidirá.

En ese instante un criado trajo una tarjeta. El príncipe la leyó, y dijo:

—Haga pasar al señor Gérard Baupré.

Y luego, dirigiéndose a Philippe:

—Pasa tú a ese gabinete, escucha y no te muevas.

Una vez solo, el príncipe murmuró:

—¿Cómo iba a dudar yo? Es el destino quien envía a este...

Unos minutos más tarde apareció en la puerta un joven alto, rubio, esbelto, con el rostro adelgazado y la mirada febril; se mantuvo en el umbral como titubeante, en la actitud de un mendigo que quisiera tender la mano, pero que no se atreviese a ello.

La conversación fue breve.

—¿Es usted el señor Gérard Baupré?

—Sí... sí... soy yo.

—Yo no tengo el honor...

—Vea, señor... vea... me han dicho...

—¿Quién?

—Un mozo de hotel... que afirma haber servido en su casa...

—En fin, sea breve...

—Pues bien...

El joven se detuvo, intimidado, como trastornado por la actitud altiva del príncipe. Este exclamó:

—No obstante, señor, acaso sería necesario...

—Vea, señor... me han dicho que es usted muy rico y generoso... Y yo he pensado que quizá le sería posible...

Se interrumpió, incapaz de pronunciar la palabra de súplica y de humillación.

Sernine se acercó a él, y le dijo:

—Señor Gérard Baupré, ¿no ha publicado usted un libro de versos titulado *La sonrisa de la primavera?*

—Sí, sí —exclamó el joven, cuyo rostro se iluminó—. ¿Lo ha leído usted?

—Sí, muy bonitos sus versos... muy bonitos... Solamente que ¿espera usted vivir con lo que le proporcionen sus versos?

—Ciertamente... un día u otro...

—Un día u otro... será más bien el otro, ¿no es así? Y mientras tanto, ¿viene usted a pedirme de qué vivir?

—De qué comer, señor.

Sernine le puso la mano sobre el hombro, y fríamente le dijo:

—Los poetas no comen, señor. Se alimentan de rimas y de sueños. Hágalo así. Eso vale más que tender la mano.

El joven se estremeció ante el insulto. Sin decir palabra, se dirigió hacia la puerta.

Sernine le detuvo, y le dijo:

—Todavía unas palabras, señor. ¿No tiene usted ni el menor recurso?

—Ni el más mínimo.

—¿No cuenta usted con nada?

—Todavía tengo una esperanza... Le he escrito a uno de mis parientes suplicándole que me envíe algo. Hoy deberé recibir su respuesta. Es ya el último límite.

—Y si no recibe esa respuesta, usted está decidido, sin duda esta misma noche a...

—Sí, señor.

Esto lo dijo simple y resueltamente.

Sernine rompió a reír.

—¡Santo Dios! ¡Qué gracioso es usted, joven! ¡Y qué ingenua convicción! Vuelva usted a verme el año próximo, ¿quiere?... Volveremos a hablar de todo eso... Es tan curioso, tan interesante… y tan cómico, sobre todo… ¡Ja, ja, ja!

Y sacudido por la risa, con gestos afectados y saludos, le puso en la puerta.

—Philippe —dijo, abriéndole al mozo de hotel—. ¿Has escuchado esto?

—Sí, jefe.

—Gérard Baupré espera esta tarde un telegrama, una promesa de ayuda…

—Sí, es su último cartucho.

—Ese telegrama es preciso que no lo reciba. Si llega, recógelo en el pasadizo y rómpelo.

—Bien, jefe.

—¿Estás tú solo en el hotel?

—Sí, solo con la cocinera, que no duerme allí. El jefe está ausente.

—Bien. Nosotros somos los amos. Hasta esta noche a eso de las once. Lárgate.

II

El príncipe Sernine se dirigió a su dormitorio y llamó a su criado.

—Mi sombrero, mis guantes y mi bastón. ¿El coche ya está ahí?

—Sí, señor.

Se arregló, salió y se acomodó en una amplia y cómoda limusina que le llevó al Bois de Boulogne, a casa del marqués y de la marquesa de Gastyne, donde había sido invitado a almorzar.

A las dos y media se despidió de sus anfitriones, marchó a la avenida Kléber, recogió allí a dos de sus amigos y a un médico y llegó a las tres menos cinco al parque de Princes.

A las tres se batió a sable con el comandante italiano Spinelli, y en el primer asalto le cortó la oreja a su adversario; a las tres y tres cuarto estaba tallando una banca en el círculo de la calle Cambon, retirándose de allí a las cinco y veinte con una ganancia de cuarenta y siete mil francos.

Y todo eso lo realizó sin prisas, con una especie de altivo descuido, cual si el endiablado movimiento que parecía llevar su vida, en un torbellino de actos y de acontecimientos, constituyera la regla general de sus días más tranquilos.

—Octave —le dijo a su chófer—, vamos a Garches.

Y a las seis menos diez bajaba del coche ante los viejos muros del parque de Villeneuve.

Despedazada y estropeada ahora, la finca de Villeneuve conserva todavía algo del esplendor que conoció en los tiempos en que la emperatriz Eugénie iba a descansar allí. Con sus viejos árboles, su estanque y el horizonte de follaje que extiende el bosque de Saint-Cloud, el paisaje posee gracia y melancolía.

Una parte importante de la finca fue donada al Instituto Pasteur. Otra parte más pequeña, y separada de la primera por todo el espacio reservado al público, forma una propiedad todavía bastante vasta, en la cual se levantan en torno a la mansión de retiro cuatro pabellones aislados.

«Aquí es donde vive la señora Kesselbach», se dijo el príncipe, contemplando desde lejos los techos de la casa y los cuatro pabellones. Mientras tanto, atravesó el parque y se dirigió hacia el estanque.

De pronto se detuvo detrás de un grupo de árboles. Había visto a dos mujeres acodadas en el parapeto del puente tendido sobre el estanque. El príncipe Sernine se dijo entonces: «Varnier y sus hombres deben de estar en las inmediaciones. Pero, diablos, se ocultan muy bien. De nada vale que los busque…».

Ahora las dos mujeres caminaban por el césped, bajo los grandes y venerables árboles. El azul del cielo surgía entre las ramas mecidas por una brisa tranquila, y en el aire flotaban aromas de primavera y de verdor nuevo.

Sobre las pendientes de césped que bajaban hacia el agua inmóvil, las margaritas, las pomerolas, las violetas, los narcisos, los lirios del valle y todas las florecillas de abril y de mayo se agrupaban y formaban aquí y allá constelaciones de todos los colores. Y el sol se inclinaba en el horizonte.

De pronto, tres hombres surgieron de un bosquecillo y salieron al encuentro de las dos damas.

Se dirigieron a ellas.

Hubo un cambio de palabras entre las dos mujeres y los desconocidos. Aquellas daban muestras de temor. Uno de los hombres se adelantó hacia la más pequeña e intentó arrebatarle la bolsa de oro que llevaba en la mano.

Las dos mujeres lanzaron gritos, y los tres hombres se arrojaron sobre ellas.

«Este es el momento de aparecer yo… ahora o nunca», se dijo el príncipe.

Y se lanzó a la carrera.

En diez segundos había alcanzado la orilla del agua.

Al ver aproximarse al príncipe, los tres hombres huyeron.

—Huid, bandidos —dijo con sorna el príncipe—. Huid a toda prisa. Aquí llega el salvador.

Y se puso a perseguirlos. Pero una de las damas le suplicó:

—¡Oh! Caballero, yo se lo ruego… mi amiga está enferma.

En efecto, la más pequeña de las paseantes estaba desvanecida sobre el césped.

El príncipe volvió sobre sus pasos y dijo con muestras de inquietud:

—¿Acaso está herida?… ¿Es que esos miserables?…

—No… no… fue el miedo solamente… la emoción… Y además… usted comprenderá… esta dama es la señora Kesselbach…

—¡Oh! —exclamó él.

El príncipe le entregó a la joven un frasco de sales que aquella le hizo respirar a su amiga. Y el príncipe agregó:

—Levante usted la amatista que sirve de tapón… Hay una cajita y dentro de esta unas pastillas. Que la señora tome una… una solamente… es muy fuerte…

Contemplaba cómo la joven cuidaba de su amiga. Era una muchacha rubia, de aspecto sencillo, con el rostro dulce y grave, y una luminosidad que animaba sus rasgos incluso cuando no sonreía.

«Esta es Geneviève», se dijo el príncipe.

Y se repitió para sí, todo emocionado:

«Geneviève… Geneviève…».

Mientras tanto, la señora Kesselbach se reponía poco a poco. Sorprendida primero, pareció no comprender lo que veía. Luego recuperó la memoria y haciendo una señal con la cabeza dio así las gracias a su salvador.

Entonces el príncipe se inclinó profundamente y dijo:

—Permítame presentarme… Soy el príncipe Sernine.

La señora Kesselbach respondió en voz baja:

—No sé cómo expresarle mi agradecimiento.

—No expresándolo, señora. Es a la casualidad a la que hay que darle gracias… la casualidad que dirigió mis pasos, cuando paseaba, hacia este lado. ¿Me permite ofrecerle mi brazo?

Unos minutos después, la señora Kesselbach llamaba al timbre en la mansión de la residencia y le decía al príncipe:

—Voy a pedirle a usted un último favor, señor. No diga usted nada a nadie de esta agresión.

—Sin embargo, señora, ese sería el único medio de saber…

—Para saberlo sería necesario realizar una investigación, y ello provocaría aún más ruido en tomo a mí, con interrogatorios, cansancio… y yo me siento agotada.

El príncipe no insistió. Saludándola para despedirse preguntó:

—¿Me permitirá usted pedir noticias suyas?

—Ciertamente, señor…

La señora Kesselbach besó a su amiga Geneviève y entró en la residencia.

Mientras tanto, la noche comenzaba a llegar, y Sernine no quiso que Geneviève volviera sola a su casa. Pero, apenas había penetrado en el sendero cuando de entre las sombras surgió una silueta que corrió a su encuentro.

—¡Abuela! —exclamó Geneviève.

Y se arrojó en los brazos de una anciana que la cubrió de besos.

—¡Ah! ¡Querida mía! ¡Querida mía! ¿Qué ha ocurrido? Qué tarde vienes, tú siempre eres puntual…

Geneviève hizo las presentaciones:

—La señora Ernemont, mi abuela. El príncipe Sernine…

Luego relató el incidente y la señora Ernemont dijo:

—¡Oh! Querida mía, qué miedo debiste sufrir… Yo no olvidaré esto jamás, señor… se lo juro a usted… Pero, qué miedo debiste pasar, pobrecita mía…

—Vamos, abuela, tranquilízate, pues aquí estoy…

—Sí, pero el miedo pudo haberle hecho daño… Nunca se saben las consecuencias… ¡Oh! Es horrible…

Pasaron a lo largo de un vallado por encima del cual se divisaba un patio con árboles, algunos macizos, y una casa blanca.

Detrás de la casa se abría, al abrigo de un bosquecillo de saucos dispuesto en forma de glorieta, una pequeña barrera.

La anciana le rogó al príncipe permiso para retirarse unos instantes, a fin de ir a ver a sus alumnos para quienes había llegado la hora de cenar.

El príncipe y la señora Ernemont quedaron solos.

La anciana tenía un rostro pálido y triste, y su cabeza estaba cubierta de blancos cabellos. Era muy corpulenta, de andar pesado y, a pesar de su aspecto y de sus vestidos de señora, tenía un cierto aire vulgar, aunque en sus ojos se leía una bondad infinita.

Mientras la anciana ponía un poco de orden en las cosas colocadas sobre la mesa, pero sin por ello dejar de continuar manifestando su inquietud, el príncipe Sernine se le acercó, le tomó la cabeza entre las manos y la besó en ambas mejillas.

—Y bien, viejecita, ¿cómo te encuentras?

La anciana quedó desconcertada, con la mirada hosca y la boca abierta.

El príncipe volvió a besarla de nuevo, riendo.

Ella farfulló:

—¡Tú! ¡Pero eres tú! ¡Ah! ¡Jesús María!… ¡Jesús María!… Pero ¿es posible?… ¡Jesús María!… No me llames así —exclamó ella, estremeciéndose—. Victoria ha muerto… Tu vieja nodriza ya no existe… Yo pertenezco enteramente a Geneviève…

Y luego añadió, en voz baja:

—¡Ah! Jesús… ya he leído tu nombre en los periódicos… Entonces, ¿es verdad que comienzas de nuevo tu mala vida?

—Ya lo ves.

—Sin embargo, tú me habías jurado que eso había acabado, que te ibas para siempre, que querías hacerte un hombre honrado.

—Ya lo he intentado. Hace cuatro años que trato de conseguirlo... No podrás decir que en estos últimos cuatro años yo haya dado que hablar de mí...

—¿Y entonces?

—Entonces... eso me aburre.

Ella suspiró, y dijo:

—Siempre el mismo... No has cambiado... ¡Ah! Está claro que tú no cambiarás nunca... ¿Así pues, andas mezclado en el asunto Kesselbach?

—¡Diablos! Si no fuera así, ¿cómo iba yo a molestarme en organizar contra la señora Kesselbach, a las seis de la tarde, una agresión para tener a las seis y cinco que arrancarla a las garras de mis hombres? Salvada por mí, ella está obligada a recibirme. Heme aquí, pues, en el corazón de la plaza sitiada, y al propio tiempo que protejo a la viuda, vigilo los alrededores. ¡Ah! Qué quieres, la vida que yo llevo no me permite el vagar y emplear el régimen de cuidados menudos y de entremeses. Es preciso que yo actúe con golpes de teatro, consiguiendo victorias brutales.

La anciana lo observaba con turbación y balbució:

—Ya comprendo... ya comprendo... todo eso son mentiras... Pero entonces... Geneviève...

—¡Ah! De una pedrada mataba dos pájaros. El preparar un salvamento de una persona me costaba tanto como hacerlo para dos. Piensa en lo que he necesitado en tiempo, en esfuerzos, quizá inútiles, para conseguir deslizarme dentro de la intimidad de esta criatura. ¿Qué era yo para ella? ¿Qué podría ser yo todavía? Un desconocido... un extraño. Pero ahora soy su salvador. Y dentro de una hora seré... su amigo.

La anciana se puso a temblar. Luego dijo:

—Así pues... tú no has salvado a Geneviève... Así vas a mezclarnos en tus líos...

Y de pronto, en un acceso de rebeldía, agarrándolo por los hombros, le dijo:

—Pues no, ya tengo bastante, ¿entiendes? Tú me trajiste a esta niña un día diciéndome: «Aquí la tienes... te la confío... Sus padres han muerto... Ponla bajo tu cuidado». Pues bien, ya lo está, ya está bajo mi cuidado, y sabré defenderla contra ti y contra todas tus intrigas.

En pie, con todo aplomo, con los dos puños crispados y el gesto resuelto, la señora Ernemont parecía dispuesta a todas las eventualidades.

Tranquilamente, sin brusquedades, el príncipe Sernine se desprendió una tras otra de las dos manos que lo sujetaban y a su vez tomó a la anciana por los hombros, la sentó en una butaca, se inclinó hacia ella y en tono muy tranquilo le dijo:

—¡No!

Ella se echó a llorar, vencida de inmediato, y cruzando sus manos ante Sernine le dijo:

—Yo te lo suplico, déjanos tranquilas. ¡Éramos tan felices! Yo creía que tú nos habías olvidado y yo bendecía al cielo cada vez que transcurría un día más. Pero sí... no obstante, te quiero bien... Pero en cuanto a Geneviève... ¿sabes?, no sé lo que yo sería capaz de hacer por esta niña. Ella pasó a ocupar tu lugar en mi corazón.

—Ya lo veo —respondió él, riendo—. Tú me enviarías al diablo muy satisfecha ¡Bueno, basta de tonterías! No tengo tiempo que perder. Es preciso que yo le hable a Geneviève.

—¡Tú vas a hablarle!

—Pues sí. ¿Acaso es un crimen?

—¿Y qué es lo que tienes que decirle?

—Un secreto... un secreto muy grave... muy emocionante...

La anciana se asustó y dijo:

—¿Y que le causará sufrimiento quizá? ¡Oh! Yo temo a todo... lo temo todo por ella...

—Ahí viene —dijo él.

—No, todavía no.

—Sí, sí, la oigo venir… Sécate los ojos y sé razonable…

—Escucha —dijo ella vivamente—. Escucha, yo no sé cuáles son las palabras que tú vas a pronunciar, qué secreto le vas a revelar a esta niña a la que tú no conoces… Pero yo, que sí la conozco, te diré esto: Geneviève es de una naturaleza valiente, fuerte, pero muy sensible. Ten cuidado con tus palabras… Podrían herir unos sentimientos… que no te es posible sospechar.

—¿Y por qué, Dios mío?

—Porque ella es de una raza diferente de la tuya, de otro mundo distinto… y me refiero a otro mundo moral… Hay cosas que te está vedado comprenderlas ahora. Entre vosotros dos, el obstáculo que os separa es infranqueable… Geneviève tiene la conciencia más pura y más elevada… y tú…

—¿Y yo?

—Y tú, tú no eres un hombre honrado.

III

Geneviève entró vivaz y encantadora.

—Todas mis pequeñas se encuentran en el dormitorio. Dispongo de diez minutos de respiro… Bueno, abuela, ¿qué es lo que ocurre? Tienes una cara muy extraña… ¿Se trata todavía de esa historia?

—No, señorita —dijo Sernine—. Creo haber tenido la fortuna de tranquilizar a su abuela. Solamente estábamos hablando de usted, de su infancia, y este es un tema, al parecer, que su abuela no toca sin emoción.

—¿De mi infancia? —preguntó Geneviève, enrojeciendo—. ¡Oh! Abuela…

—No la riña usted, señorita. Fue la casualidad la que llevó la conversación por ese terreno. Ocurre que yo he pasado a menudo por la pequeña aldea en donde se crio usted.

—¿Aspremont?

—Aspremont, cerca de Niza… Usted vivía allí en una casa nueva, toda blanca…

—Sí —dijo ella—, toda blanca, con un poco de pintura azul en torno a las ventanas… Yo era muy niña, pues me marché de Aspremont a los siete años; pero recuerdo hasta las cosas más pequeñas de esa época. Y no he olvidado el resplandor del sol sobre la fachada blanca, ni la sombra del eucalipto en el extremo del jardín…

—En el extremo del jardín, señorita, había un campo de olivos, y, bajo uno de esos olivos, una mesa donde su madre trabajaba los días de calor…

—Es cierto, es cierto —respondió ella, toda emocionada—. Y yo jugaba a su lado…

—Y es allí donde yo vi a su madre varias veces… Enseguida que la vi a usted se me apareció la imagen del rostro de ella… más alegre, más feliz.

—Mi pobre madre, en efecto, no era feliz. Mi padre había muerto el mismo día que yo nací y nada pudo ya consolarla. Ella lloraba mucho. Guardo de esa época un pañuelito con el cual ella se secaba las lágrimas.

—Un pañuelito con dibujos de rosas.

—¡Cómo! —exclamó llena de sorpresa—. Usted sabe…

—Yo estaba allí un día cuando usted la estaba consolando… Y usted la consolaba tan delicadamente, que la escena se quedó grabada en mi memoria.

La joven lo miró profundamente y murmuró, hablando casi para sí misma.

—Sí… sí… así me parece… la expresión de sus ojos… y también el timbre de su voz…

Ella bajó los párpados un momento y se concentró

como si buscara en vano el apresar un recuerdo que se le escapara. Y luego continuó:

—Entonces, ¿usted la conocía?

—Yo tenía unos amigos cerca de Aspremont, en casa de los cuales la conocí y la vi varias veces. La última vez me pareció más triste todavía... más pálida, y cuando volví...

—Todo había acabado, ¿no es así? —dijo Geneviève—. Si, ella se fue muy pronto... en unas semanas... y yo me quedé sola con unos vecinos que la velaban... Y una mañana se la llevaron... Y la noche de ese día, mientras yo dormía, vino alguien que me tomó en sus brazos y me envolvió en cobertores...

—¿Un hombre? —preguntó el príncipe.

—Sí, un hombre. Me hablaba muy bajo, muy despacio... su voz me hacía bien... y mientras me llevaba por la carretera y luego en un coche durante la noche, me acunaba y me contaba cuentos... con esa misma voz... con esa misma voz...

La joven se había interrumpido poco a poco y lo miraba de nuevo, más profundamente aún y con un esfuerzo más visible, para apresar la impresión fugitiva que florecía en ella por instantes.

Él le dijo:

—¿Y después? ¿Adónde la llevó a usted?

—En ese punto mis recuerdos son vagos... Es como si yo hubiera dormido entonces durante varios días... Vuelvo a encontrarme de nuevo solamente en el burgo de Vendée, donde pasé la segunda mitad de mi infancia, en Montégut, en casa del padre y la madre Izereau, gentes muy buenas que me alimentaron y me educaron, y cuya dedicación y ternura yo nunca olvidaré.

—¿Y estos también murieron?

—Sí —respondió ella—. Hubo una epidemia de tifus en la región... Pero yo no lo supe hasta más tarde... Desde el comienzo de su enfermedad, a mí me llevaron como la primera vez y en las mismas condiciones... durante la noche, y alguien que me envolvió igualmente en cobertores... Solo que yo era mayor, me debatí y quise gritar... y él tuvo que taparme la boca con un pañuelo.

—¿Qué edad tenía usted?

—Catorce años... De esto hace cuatro años.

—Entonces, ¿usted pudo distinguir a ese hombre?

—No, se ocultaba con más cuidado y no me dijo ni una sola palabra... Sin embargo, yo he pensado siempre que era el mismo hombre de la primera vez... pues he guardado el recuerdo de su misma solicitud, de sus mismos gestos de atención, llenos de precauciones.

—¿Y después?

—Después, como en la otra ocasión, hay el olvido, algo como sueño... Esta vez yo estuve enferma, al parecer, tuve la fiebre tifoidea... Y me desperté en una habitación alegre y clara. Una señora de cabellos blancos estaba inclinada sobre mí y me sonrió... Era la abuela... y la habitación es la misma que ocupo aquí arriba.

Su rostro había recobrado su expresión feliz, su bella expresión luminosa, y sonriendo, terminó:

—Y he ahí cómo la señora Ernemont me encontró una noche en el umbral de su puerta, dormida, al parecer, entonces ella me recogió y así se convirtió en mi abuela, y así también, después de pasar por algunas pruebas, la joven de Aspremont disfruta de las alegrías de una existencia tranquila, y enseña el cálculo y la gramática a unas niñas rebeldes o perezosas... pero que la quieren mucho.

Se expresaba alegremente, con un tono a la par de reflexión y de alegría, y se adivinaba en ella el equilibrio de una naturaleza razonable.

Sernine la escuchaba con creciente sorpresa y sin pretender disimular su turbación.

Le preguntó:

—¿Y desde entonces usted nunca más volvió a oír hablar de ese hombre?

—Nunca.

—¿Y la agradaría volver a verlo?

—Sí, me agradaría mucho.

—Pues bien, señorita...

Geneviève se estremeció y dijo:

—Sabe usted algo... acaso la verdad...

—No... no... solamente que...

El príncipe se levantó de su asiento y se puso a pasear por la estancia.

De cuando en cuando su mirada se detenía sobre Geneviève, y tal parecía que estaba a punto de responder con palabras más precisas a la pregunta que ella le había hecho. ¿Iba a hablar?

La señora Ernemont esperaba llena de angustia la revelación de aquel secreto del cual podría depender la tranquilidad de la joven.

El príncipe se sentó cerca de Geneviève, pareció dudar aún, y, luego, por fin, dijo:

—No... no... es que se me había ocurrido una idea... un recuerdo...

—¿Un recuerdo?... ¿Entonces?

—Me he equivocado. Es que en el relato de usted había ciertos detalles que me indujeron a error.

—¿Está usted seguro?

Él dudó una vez más, pero luego afirmó:

—Absolutamente seguro.

—¡Vaya! —dijo ella, defraudada—. Yo había creído adivinar... que usted conocía...

No terminó la frase, esperando una respuesta a la pregunta que ella le había formulado, pero sin atreverse a decirla enteramente.

Él se calló. Entonces, sin volver a insistir, ella se inclinó sobre la señora Ernemont, y le dijo:

—Buenas noches, abuela, mis pequeñas ya deben de estar en la cama, pero ninguna de ellas sería capaz de dormirse sin que yo la haya besado.

Le tendió la mano al príncipe, diciéndole:

—Una vez más, muchas gracias.

—¿Se marcha usted? —dijo él vivamente.

—Perdóneme. La abuela lo acompañará.

El príncipe se inclinó ante ella y le besó la mano. En el momento de abrir la puerta para salir, ella se volvió y sonrió.

Luego desapareció.

El príncipe oyó el ruido de sus pasos que se alejaban, pero permaneció completamente inmóvil y con el rostro pálido por la emoción.

—Bueno —dijo la anciana—, no has hablado.

—No…

—Ese secreto…

—Más adelante… Hoy… es extraño… no he podido.

—¿Te resultaba entonces tan difícil? ¿Acaso no presintió ella que tú eras el desconocido que por dos veces la había llevado?… Bastaba una sola palabra…

—Más tarde… más tarde… —dijo él, recobrando toda su serenidad—. Tú debes comprender bien… esta niña apenas me conoce… Es preciso, en primer lugar, que yo conquiste los derechos de su afecto, de su ternura… Cuando yo le haya dado la existencia que ella merece, una existencia maravillosa como las que se ven en los cuentos de hadas, entonces hablaré.

La anciana inclinó la cabeza y replicó:

—Me temo mucho que te equivoques… Geneviève no tiene necesidad de una existencia maravillosa… Sus gustos son sencillos.

—Ella tiene los gustos de todas las mujeres, y la fortuna, el lujo, y el poder, procuran alegrías que ninguna mujer desprecia.

—Sí, una, Geneviève. Y tú harás mejor…

—Ya veremos eso. Por el momento, déjame hacer. Y tranquilízate. No tengo intención alguna, contrariamente a lo que tú dices, de mezclar a Geneviève en todos mis chanchullos. Apenas si me verá… Solamente que era preciso ponerse en contacto… Ya está hecho… Adiós.

Salió de la escuela y se dirigió adonde le esperaba su automóvil. Iba completamente feliz. Se dijo:

«Es encantadora… Es tan dulce, tan seria… Son los ojos de su madre, aquellos ojos que me enternecían hasta las lágrimas… ¡Dios mío! ¡Qué lejos está todo aquello! Y qué hermoso recuerdo… un poco triste… pero tan hermoso…».

Y luego, en voz alta, añadió:

—Sí, en verdad, me ocuparé de su felicidad. E inmediatamente. Desde esta noche. Perfectamente, desde esta noche ella tendrá un novio. Para las muchachas jóvenes ¿acaso no es esa la propia condición de la felicidad?

IV

Encontró su automóvil en la carretera principal.

—A casa —le ordenó a Octave.

Llegado a su casa pidió comunicación con Neuilly, le telefoneó sus instrucciones a aquel de sus amigos a quien él llamaba el Doctor, y luego se vistió para cenar.

Cenó en el círculo de la calle Cambon, pasó una hora en la Ópera y volvió a subir a su coche.

—A Neuilly, Octave. Vamos a buscar al Doctor. ¿Qué hora es?

—Las diez y media.

—¡Diablos! ¡Rápido!

Diez minutos después el coche se detenía al extremo del bulevar Inkermann, delante de una residencia aislada. El chófer tocó la bocina, y al oír la señal el Doctor bajó. El príncipe le preguntó:

—¿El individuo está ya listo?

—Ya está empaquetado, amarrado con cuerdas y sellado.

—¿Y está en buen estado?

—En excelente estado. Si todo sucede conforme usted me ha explicado, la policía no verá más que fuego.

—Ese es su deber. Carguémosle.

Transportaron al automóvil una especie de saco alargado que tenía la forma de una persona y que parecía bastante pesado...

El príncipe dijo:

—A Versalles, Octave, calle Vilaine, delante del hotel Deux-Empereurs.

—Pero ese es un hotel de baja categoría —señaló el Doctor—. Yo lo conozco.

—¿A quién se lo dices? Y la faena será dura, cuando menos para mí... Pero, ¡caray!, no cedería mi lugar ni por una fortuna... ¿Quién afirmaría que la vida es monótona?

El hotel Deux-Empereurs... un pasadizo lleno de fango... dos peldaños para bajar y se penetra en un pasillo donde vela la luz de una lámpara.

Con el puño, Sernine golpeó contra una pequeña puerta.

Apareció un mozo de hotel. Era Philippe, aquel mismo a quien por la mañana Sernine había dado órdenes con respecto a Gérard Baupré.

—¿Está todavía aquí?

—Sí.

—¿Y la cuerda?

—El nudo ya está hecho.

—¿No ha recibido el telegrama que espera?

—Helo aquí. Yo lo intercepté.

Sernine cogió el papel azul y lo leyó.

—¡Caray! —dijo con satisfacción—. Ya era hora. Le anunciaban para mañana un billete de mil francos. Vamos, la suerte me favorece. Las doce menos cuarto de la noche. Dentro de un cuarto de hora, ese pobre diablo se arrojará a la eternidad. Lléveme, Philippe. Quédate ahí, Doctor.

El mozo tomó la lámpara. Subieron al tercer piso y luego siguieron caminando de puntillas por un pasillo de techo bajo y maloliente, lleno de buhardillas y que desembocaba en una escalera de madera donde se enmohecían los últimos vestigios de una alfombra.

—¿Nadie podrá oírme? —preguntó Sernine.

—Nadie. Las dos habitaciones están aisladas. Pero no se equivoque, él se encuentra en la de la izquierda.

—Bien. Ahora vuelve a bajar. A medianoche, el Doctor, Octave y tú cargaréis al individuo y lo traeréis adonde nos encontramos, y luego esperaréis.

La escalera de madera tenía diez peldaños que el príncipe subió con infinitas precauciones… En lo alto, un descansillo y dos puertas…

Sernine precisó más de cinco minutos para abrir la puerta de la derecha sin que produjera chirrido alguno que rompiera el silencio imperante.

En la sombra del cuarto brillaba una luz, hacia la que se dirigió a tientas y con cuidado para no tropezar con ninguna silla. Esta luz provenía del cuarto vecino y se filtraba a través de una puerta de cristales que estaba cubierta por un trozo de tapicería.

El príncipe apartó el tapiz. Los cristales de la puerta estaban sucios, estropeados, rayados en algunos lugares, de manera que aplicando un ojo se podía ver fácilmente todo cuanto ocurría en el otro cuarto.

Allí se encontraba un hombre de cara a esa puerta, sentado ante una mesa. Era el poeta Gérard Bauprés.

Escribía a la luz de una lámpara.

Por encima de él pendía una cuerda, que estaba sujeta a un gancho fijado al techo. En el extremo interior de la cuerda había un redondeado nudo corredizo.

En un reloj de la ciudad sonó una larga campanada.

«La medianoche menos cinco minutos —pensó Sernine—. Todavía cinco minutos más.»

El joven continuaba escribiendo. Al cabo de un instante dejó la pluma sobre la mesa, puso en orden las diez o doce hojas de papel que había ennegrecido de tinta y se puso a releerlas.

La lectura no pareció agradarle, pues una expresión de descontento asomó a su rostro. Rasgó el manuscrito y quemó los pedazos en la llama de la lámpara.

Luego, con mano febril, trazó algunas palabras sobre otra hoja de papel, firmó bruscamente y se levantó de la silla.

Pero habiendo visto la cuerda a veinticinco centímetros por encima de su cabeza, se sentó de súbito, experimentando un estremecimiento de espanto.

Sernine veía claramente su pálido rostro y sus flacas mejillas, contra las cuales apretaba sus puños crispados. Una lágrima rodó por su cara… una sola, lenta y desolada. Sus ojos estaban fijos en el vacío, unos ojos espantosos de tristeza y que ya parecían divisar la temible nada. ¡Y era un rostro tan joven! ¡Unas mejillas tan tiernas todavía y que ninguna cicatriz había marcado aún! Y unos ojos azules, de un azul de cielo oriental…

Medianoche… las doce campanadas trágicas de la medianoche, a las cuales tantos desesperados han enganchado el último segundo de su existencia.

Al oír la última campanada, el joven se irguió de nuevo, y esta vez valientemente, sin temblar, miró a la cuerda siniestra, intentó sonreír… una pobre sonrisa como la lamentable mueca de un condenado a quien la muerte ha apresado ya.

Con rapidez subió sobre la silla, y con una mano tomó la cuerda.

Por un instante permaneció allí inmóvil, no porque dudara o le faltara valor, sino porque era el instante supremo, el minuto de gracia que se concede antes del gesto fatal.

Contempló la infame habitación donde un destino adverso lo había acorralado, el horrible papel de las paredes, la miserable cama…

Sobre la mesa ni un libro: todo lo había vendido. Ni una fotografía, ni el sobre de una carta. No tenía ya ni padre, ni madre, ni familia alguna. ¿Qué podía, pues, atarlo a la vida?

Con un movimiento brusco metió la cabeza en el nudo corredizo y tiró de la cuerda hasta que el nudo le apretó bien el cuello.

Y derribando con los dos pies la silla, saltó al vacío.

V

Transcurrieron diez segundos, veinte segundos… veinte segundos terribles, eternos…

El cuerpo había sufrido dos o tres convulsiones. Las piernas habían buscado instintivamente un punto de apoyo. Y ahora ya nada se movía…

Todavía unos segundos más… la pequeña puerta de cristales se abrió.

Sernine entró.

Sin la menor prisa, tomó la hoja de papel donde el joven había puesto su firma y leyó:

Cansado de la vida, enfermo, sin dinero, sin esperanza, me mato. Que no se acuse a nadie de mi muerte.

GÉRARD BAUPRÉ
30 de abril

Volvió a dejar la hoja sobre la mesa, bien a la vista, acercó la silla y la colocó a los pies del joven. Se subió a la mesa, y sosteniendo el cadáver apretado contra él lo irguió, alargó el nudo corredizo y se lo sacó por la cabeza.

El cadáver se dobló entre sus brazos. Lo dejó deslizarse a lo largo de la mesa, y saltando al suelo lo extendió después sobre la cama. Luego, siempre con la misma flema, abrió la puerta de salida.

—¿Estáis ahí los tres? —murmuró.

Cerca de él, al pie de la escalera de madera, alguien respondió:

—Aquí estamos. ¿Es preciso subir nuestro paquete?

—¡Hacedlo!

Tomó la lámpara y les alumbró.

Con gran trabajo, los tres hombres subieron la escalera cargando el saco dentro del cual estaba amarrado el individuo.

—Colocadlo aquí —les dijo, señalando a la mesa.

Con ayuda de un cortaplumas cortó las cuerdas que rodean el saco. Apareció, una sábana blanca y la apartó.

En esa sábana había un cadáver… El cadáver de Pierre Leduc.

—Pobre Pierre Leduc —dijo Sernine—. Tú no sabrás nunca lo que has perdido muriéndote tan joven. Yo te hubiera llevado lejos, hombrecito. En fin, nos arreglaremos sin tu ayuda… Vamos, Philippe, súbete a la mesa, y tú, Octave, sobre la silla. Levantadle la cabeza y ponedle al cuello el nudo corredizo.

Dos minutos más tarde, el cadáver de Pierre Leduc se balanceaba al extremo de la cuerda.

—Magnífico, la cosa no tiene mayor dificultad: una sencilla sustitución de cadáveres. Y ahora podéis marcharos todos. Tú, Doctor, volverás aquí mañana por la mañana; te enterarás del suicidio del señor Gérard Baupré, aquí está su carta de adiós, mandarás llamar al médico forense y al comisario y arreglarás de forma que ni el uno ni el otro comprueben que el difunto tiene un dedo cortado y una cicatriz en la mejilla…

—Eso es fácil.

—Y harás de forma también que el atestado se escriba inmediatamente y dictado por ti.

—Eso es fácil.

—Y, en fin, evita que lo envíen al depósito de cadáveres y logra que expidan el permiso para la inhumación inmediatamente.

—Eso ya es menos fácil.

—Inténtalo. ¿Has examinado a este otro?

Y señaló al joven que yacía inerte sobre la cama.

—Sí —respondió el Doctor—. La respiración se hace normal. Pero se corría un gran riesgo… la carótida hubiera podido…

—Quien no arriesga nada… ¿Dentro de cuánto tiempo recobrará el conocimiento?

—De aquí a unos minutos.

—Bueno. ¡Ah! No te marches todavía, Doctor. Quédate abajo. Tu misión no ha terminado todavía esta noche.

Al quedarse solo, el príncipe encendió un cigarrillo y se puso a fumar tranquilamente, lanzando hacia el techo pequeños anillos de humo azul.

Un suspiro lo sacó de su ensimismamiento. Se acercó a la cama. El joven comenzaba a agitarse y su pecho se erguía y bajaba violentamente, lo mismo que un durmiente bajo la influencia de una pesadilla.

Se llevó las manos a la garganta como si sintiera un dolor allí, y este ademán lo hizo incorporarse bruscamente aterrorizado y jadeante...

Entonces vio frente a él a Sernine.

—¡Usted! —murmuró sin comprender—. ¡Usted!

Y lo contempló con mirada estúpida, como si estuviera viendo un fantasma.

De nuevo se llevó la mano a la garganta y se palpó el cuello y la nuca... Y de pronto lanzó un grito ronco; la locura del espanto desorbitó sus ojos, erizó el pelo de su cabeza y lo sacudió todo él como una hoja... El príncipe se había borrado de su visita y, en cambio, había visto... estaba viendo en el extremo de la cuerda al ahorcado.

Retrocedió hasta la pared. Aquel hombre colgado era él... era él mismo... Él estaba muerto, se veía muerto. ¿El sueño atroz que sigue al trépano?... ¿La alucinación de aquellos que ya han dejado de existir, pero cuyo cerebro trastornado palpita todavía con un resto de vida?...

Sus brazos se agitaron en el aire. Por un momento pareció defenderse contra la terrible visión. Luego, extenuado, vencido una segunda vez, se desvaneció.

«Maravilloso —dijo con sorna el príncipe—. Naturaleza sensible, impresionable... En estos momentos el cerebro está desorbitado... Vamos, la hora es propicia... Pero si yo no quito de aquí esto en veinte minutos, se me escapa.»

Empujó la puerta que separaba las dos buhardillas, volvió junto a la cama, alzó al joven y lo transportó, colocándolo sobre la cama del otro cuarto.

Le mojó las sienes con agua fría y le hizo respirar sales.

El desvanecimiento esta vez no fue muy largo.

Tímidamente, Gérard entreabrió los párpados y alzó los ojos hacia el techo. La visión se había acabado.

Sin embargo, la colocación de los muebles, la posición de la mesa y de la chimenea y otros detalles le sorprendieron... y, además, el recuerdo de su acción... el dolor que sentía en la garganta...

Le dijo al príncipe:

—He tenido un sueño, ¿no es verdad?

—No.

—¿Cómo no?

Y de pronto recordando, exclamó:

—¡Ah! Es verdad, lo recuerdo... Quise morir... y hasta...

Se irguió ansiosamente y preguntó:

—Pero ¿y el resto? ¿La visión?

—¿Qué visión?

—El hombre... la cuerda... ¿Eso fue un sueño?...

—No —afirmó Sernine—. Eso también es la realidad...

—¿Qué dice usted? ¿Qué dice usted? ¡Oh! No... no... se lo suplico... despiérteme usted si yo duermo aún... o bien que me muera... Pero yo estoy muerto, ¿no es eso? Y esto es la pesadilla de un cadáver... ¡Ah! Siento que pierdo la razón... Yo se lo ruego...

Sernine colocó suavemente la mano sobre los cabellos del joven e inclinándose hacia él le dijo:

—Escúchame... escúchame bien y comprende. Estás vivo. Tu sustancia y tu pensamiento son idénticos y viven. Pero Gérard Baupré está muerto. Tú me comprendes, ¿no es eso? El ser social que llevaba el nombre de Gérard Baupré ya no existe. Tú lo has suprimido a ese. Mañana, en los registros del estado civil, frente a ese nombre que tú llevabas, se inscribirá la anotación: «Fallecido», y la fecha de tu fallecimiento.

—¡Mentira! —balbució el joven, aterrado—. ¡Mentira! Puesto que estoy aquí, yo, Gérard Baupré.

—Tú no eres Gérard Baupré —le contestó Sernine.

Y señalando a la puerta abierta agregó:

—Gérard Baupré está allí, en la habitación vecina. ¿Quieres verlo? Está suspendido del clavo donde tú lo colgaste. Sobre la mesa se encuentra la carta por la cual tú firmaste su muerte. Todo eso es muy regular, todo eso definitivo. Ya no hay marcha atrás en este hecho irrevocable y brutal: ¡Gérard Baupré ya no existe!

El joven escuchaba como si se sintiera perdido. Ya más calmado, ahora que los hechos adquirían una significación menos trágica, comenzaba a comprender.

—¿Y así?

—Así, hablemos.

—Sí… sí… hablemos…

—¿Un cigarrillo? —dijo el príncipe—. ¿Aceptas?… ¡Ah! Ya veo que te aferras a la vida. Tanto mejor. Nosotros nos entenderemos y esto será rápidamente.

Encendió el cigarrillo del joven, luego el suyo, y seguidamente, en breves palabras, con voz seca, le explicó:

—Finado Gérard Baupré, tú estabas cansado de vivir, enfermo, sin dinero y sin esperanza… ¿Quieres, en cambio, tener salud, ser rico y poderoso?

—No lo entiendo.

—Es bien sencillo. La casualidad te ha puesto en mi camino, eres joven, buen mozo, poeta, inteligente, tu acto de desesperación lo demuestra, y de una magnífica honradez. Esas son cualidades que rara vez se encuentran reunidas. Yo las aprecio… y las tomo por mi cuenta.

—No están en venta.

—¡Imbécil! ¿Quién te habla de comprar o de vender? Guárdate tu conciencia, es una joya demasiado preciosa para que yo te la quite.

—Entonces, ¿qué es lo que usted me pide?

—Tu vida.

Y señalando a la garganta todavía dolorida del joven continuó.

—Tu vida… tu vida, que no has sabido emplear. Tu vida, que has malogrado, perdido, destruido, y que yo pretendo rehacer… yo… y conforme a un ideal de belleza, de grandeza y de nobleza que te darían vértigo, hijo mío, si siquiera entrevieses el abismo en que se sumerge mi pensamiento secreto…

Había cogido entre sus manos la cabeza de Gérard y prosiguió con un énfasis irónico:

—¡Tú eres libre! ¡Nada de ataduras! ¡Ya no tienes que sufrir el peso de tu nombre! Has borrado ese número de matrícula que la sociedad había impreso sobre ti como un hierro rojo sobre tu espalda ¡Eres libre! En este mundo de esclavos en el que cada cual lleva su etiqueta, tú puedes o bien ir y venir desconocido, invisible como si poseyeras el anillo de Gygès… o bien escoger tu etiqueta, la que te agrade. ¿Comprendes?… ¿Comprendes el tesoro magnífico que representa para un artista, para ti mismo si lo quieres? ¡Una vida completamente nueva! Tu vida es la cera que tienes el derecho a modelar a tu gusto, conforme a las fantasías de tu imaginación o los consejos de tu razón.

El joven hizo un gesto de cansancio.

—¿Y qué quiere usted que haga yo con ese tesoro? ¿Qué he hecho yo hasta ahora? ¡Nada!

—Dámelo a mí.

—¿Y qué podría hacer usted con él?

—Todo. Si tú no eres un artista, yo sí lo soy… sí, yo… Y un artista entusiasta, inagotable, indomable, desbordante. Si tú no posees el fuego sagrado, yo lo tengo… yo. Allí donde tú has fracasado, yo triunfaré. ¡Dame tu vida!

—¡Palabras!… ¡Promesas!… —exclamó el joven, cuyo rostro iba animándose—. ¡Sueños vacíos!… ¡Yo sé muy bien lo que valgo!... Conozco mi cobardía, mi desaliento, mis esfuerzos que abortan, toda mi miseria. Para comenzar mi vida precisaría una voluntad que no tengo...

—Yo tengo la mía...

—Necesitaría amigos...

—Los tendrás.

—Recursos...

—Yo te los proporciono. ¡Y qué recursos! Tú no tienes más que tomarlos, como se puede tomar dinero de una caja mágica.

—Pero, entonces, ¿quién es usted? —exclamó el joven, desconcertado.

—Para los demás, el príncipe Sernine... Para ti... ¡qué importa! Yo soy más que príncipe, más que rey, más que emperador...

—¿Quién es usted?... ¿Quién es usted?... —balbució Baupré.

—Soy el maestro... aquel que quiere y que puede... aquel que actúa... No hay límites para mi voluntad, no los hay para mi poder. Soy más rico que el más rico, porque su fortuna me pertenece... Soy más poderoso que los más fuertes, pues su fuerza está a mi servicio.

Tomó nuevamente entre sus manos la cabeza del joven y, clavándole su mirada en los ojos, continuó:

—Sé también rico... sé fuerte... es la felicidad lo que yo te ofrezco... es la dulzura de vivir... la paz para tu cerebro de poeta... y es la gloria también. ¿Aceptas?

—Sí... sí... —murmuró Gérard, deslumbrado y dominado—. ¿Qué es preciso hacer?

—Nada.

—Sin embargo...

—Nada, te digo yo. Toda la armazón de mis proyectos descansa sobre ti, pero tú no cuentas para nada. Tú no tienes que representar un papel activo. Por el momento, no eres más que un comparsa… ni siquiera eso: eres un peón de ajedrez que yo empujo sobre el tablero.

—¿Qué haré yo?

—Nada… versos. Vivirás a tu capricho. Tendrás dinero. Gozarás de la vida. Yo ni siquiera me ocuparé de ti. Te lo repito: tú no representas papel alguno en mi aventura.

—¿Y quién seré yo?

Sernine extendió el brazo y señaló hacia el cuarto vecino, diciendo:

—Tomarás el lugar de ese. Tú eres ese.

Gérard se estremeció, sublevado y asqueado, y respondió:

—¡Oh, no!… Ese está muerto… y, además… es un crimen… No, yo quiero una vida nueva hecha por mí, imaginada por mí… un nombre desconocido…

—Serás ese, te digo —gritó Sernine, imponente de energía y de autoridad—. Serás ese, porque su destino es magnífico, porque su nombre es ilustre y él te transmite una herencia diez veces secular de nobleza y de orgullo.

—Es un crimen —gimió Baupré, desfallecido.

—Serás ese —clamó Sernine con violencia inusitada—. ¡Ese! De lo contrario volverás a ser Baupré, y sobre Baupré yo tengo derechos de vida y muerte. ¡Escoge!

La expresión de su rostro era implacable. Gérard sintió miedo y se dejó caer sobre el lecho sollozando.

—¡Yo quiero vivir!

—¿Lo quieres firmemente, irrevocablemente?

—¡Sí, mil veces sí! Después de la acción horrible que yo intenté, la muerte me espanta… Todo… todo antes que la muerte… Todo… el sufrimiento… el hambre… la enfermedad… todas las torturas, todas las infamias… hasta el crimen si es preciso… pero no la muerte.

Temblaba de fiebre y de angustia, como si la gran enemiga rondara aún en torno a él, y él se sintiera impotente para huir del abrazo de sus garras.

El príncipe redobló sus esfuerzos, y con voz ardiente, teniéndolo bajo él como una presa, añadió:

—Yo no te pido nada imposible, nada malo... Si algo hay, yo soy el responsable de ello... No... nada de crimen... solo un poco de tu sangre que correrá... Pero ¿qué es eso después del terror de morir?

—El sufrimiento me es indiferente.

—Entonces, vamos pronto... —clamó Sernine—. ¡Enseguida! Diez segundos de sufrimiento, y eso será todo... diez segundos, y la vida del otro te pertenecerá...

Lo había sujetado por el brazo e inclinado sobre una silla le apresaba la mano izquierda extendida sobre la mesa con los cinco dedos separados. Rápidamente sacó de su bolsillo un cuchillo, apoyó el filo contra el dedo meñique entre la primera y la segunda falange y le ordenó:

—¡Golpea! ¡Golpea tú mismo! ¡Da un golpe con tu puño y eso es todo!

Le había agarrado la mano derecha y trataba de que golpeara con ella sobre la otra como con un martillo.

Gérard se retorció convulsionado de horror. Comprendía ahora. Y gritó:

—¡Jamás! ¡Jamás!

—¡Golpea! ¡Un solo golpe y ya está hecho! Un solo golpe y serás igual a ese hombre, nadie te reconocerá.

—¡Quiero saber su nombre!

—Golpea primero...

—¡Jamás! ¡Oh, qué suplicio!... Se lo ruego... más tarde.

—Ahora... yo lo quiero... es preciso...

—No... no... yo no puedo...

—¡Imbécil! ¡Golpea! Es la fortuna, la gloria, la ternura...

Gérard levantó el puño en un impulso.

—La ternura —dijo él—. Sí... por eso sí...

—Amarás y serás amado —exclamó Sernine—. Tu novia te espera. Soy yo quien te la ha escogido. Es más pura que las más puras, más hermosa que las más hermosas. Es preciso que la conquistes. ¡Golpea!

El brazo se contrajo para el movimiento fatal, pero el instinto fue más fuerte. Una energía sobrehumana convulsionó al joven. Bruscamente rompió el abrazo con que Sernine lo aprisionaba y huyó.

Corrió como un loco hacia el otro cuarto. Un aullido de terror se le escapó ante el espectáculo abominable del ahorcado y regresó para caer cerca de la mesa, de rodillas ante Sernine.

—¡Golpea! —le dijo el príncipe, volviendo a colocarle los cinco dedos sobre la mesa y poniéndole sobre el meñique la hoja del cuchillo.

Fue un ademán mecánico. Con movimiento de autómata, los ojos extraviados y el rostro lívido, el joven levantó el puño y golpeó.

Lanzó un gemido de dolor.

La pequeña extremidad de carne había saltado. La sangre corría. Por tercera vez cayó desvanecido.

Sernine lo contempló durante unos segundos y dijo lentamente:

—¡Pobre chiquillo!… ¡Bah! Yo te pagaré eso centuplicado. Yo pago siempre principescamente.

Bajó la escalera, fue al encuentro del Doctor y le dijo:

—Se acabó. Ahora te toca a ti… Sube y hazle una incisión en la mejilla derecha semejante a la de Pierre Leduc. Es preciso que las dos cicatrices sean idénticas. Dentro de una hora vengo a buscarlo.

—¿Adónde va usted?

—A tomar el aire. Tengo el corazón como agitado.

Fuera respiró largamente, luego encendió un cigarrillo.

—Una buena jornada —murmuró—. Un poco recargada, un poco agotadora, pero fecunda, verdaderamente fecunda. Heme aquí convertido en amigo de Dolores Kesselbach. Heme aquí convertido en amigo de Geneviève. Me he fabricado un nuevo Pierre Leduc muy presentable y enteramente dedicado a mí. En fin, he encontrado para Geneviève un marido como no se encuentra en un millar. Ahora mi tarea ha concluido. Ya no me queda más que recoger el fruto de mis esfuerzos. A usted le toca ahora trabajar, señor Lenormand. Yo ya estoy listo.

Y agregó, pensando en el desgraciado mutilado a quien había deslumbrado con sus promesas:

—Solamente que… hay un solamente… que yo ignoro por completo lo que era ese Pierre Leduc, cuyo lugar le he atribuido generosamente a ese excelente joven. Y eso es fastidioso… Porque, en fin de cuentas, nada me demuestra que Pierre Leduc no fuera hijo de un salchichero…

4

El señor Lenormand, al trabajo

I

El 31 de mayo por la mañana todos los periódicos recordaban que Lupin, en una carta escrita al señor Lenormand, había anunciado para esta fecha la evasión del ujier Jérôme.

Y uno de los periódicos resumía muy bien la situación en ese día diciendo:

> La horrible carnicería del hotel Palace se remonta al 17 de abril. ¿Qué es lo que se ha descubierto desde entonces? Nada.
>
> Existían tres indicios: la cigarrera, las letras L y M y el paquete de ropa olvidado en la oficina del hotel. ¿Qué ventajas se han logrado de todo eso? Ninguna.
>
> Se sospecha, al parecer, de un huésped que se alojaba en el primer piso, y cuya desaparición parece sospechosa. ¿Ha sido encontrado? ¿Se ha establecido su identidad? No.
>
> Por consiguiente, el drama continúa siendo tan misterioso como en la primera hora, y las tinieblas tan espesas como entonces.
>
> Para completar el cuadro, se nos asegura que parece existir desacuerdo entre el prefecto de policía y su subordinado el señor Lenormand, y que este, apoyado menos vigorosamente

por el presidente del Consejo, ha presentado virtualmente su dimisión desde hace varios días. El asunto Kesselbach sería continuado por el subjefe de Seguridad, señor Weber, enemigo personal del señor Lenormand.

En una palabra, es el desorden y la anarquía lo que impera.

Y frente a todo ello, Lupin, es decir, el método, la energía y el espíritu de perseverancia.

¿Nuestras conclusiones? Son breves: que Lupin libertará a su cómplice hoy, 31 de mayo, conforme lo ha anunciado.

Esta conclusión, que también aparecía en todos los demás periódicos, era igualmente la que el propio público había adoptado. Y es preciso creer que la amenaza no había dejado de repercutir en las alturas, pues el prefecto de policía, en ausencia del señor Lenormand, que se había declarado enfermo, y el subjefe de Seguridad, señor Weber, habían tomado las medidas más rigurosas, tanto en el Palacio de Justicia como en la prisión de la Santé, donde se encontraba el detenido.

Por pudor, no se atrevieron a suspender ese día los interrogatorios cotidianos que realizaba el señor Formerie, pero desde la cárcel hasta el bulevar del Palacio de Justicia se observó una verdadera movilización de policía que guardaba las calles del trayecto.

Con gran sorpresa de todos, transcurrió el 31 de mayo y la anunciada fuga no se produjo.

Hubo, sin embargo, un comienzo de ejecución de la misma que se tradujo en una aglomeración de tranvías, autobuses y camiones al paso del coche celular y la rotura inexplicable de una de las ruedas de ese carruaje. Pero el intento no llegó más allá.

Era, pues, el fracaso. El público quedó casi defraudado, y la policía apareció brillantemente triunfante.

Sin embargo, al día siguiente, sábado, un rumor increíble se extendió por el Palacio de Justicia y corrió por las redacciones de los periódicos: que el ujier Jérôme había desaparecido.

¿Era esto posible?

Aunque las ediciones especiales de la prensa confirmaran la noticia, la gente se negaba a creerla. Pero a las seis de la tarde una nota publicada por la *Dépêche du Soir* dio carácter oficial a esa noticia. La nota decía:

Hemos recibido la siguiente comunicación, firmada por Arsène Lupin. El sello especial que figura adherido a la misma, conforme la circular que dirigió últimamente a la prensa, nos certifica la autenticidad del documento.

Señor director. Tenga la bondad de excusarme ante el público por no haber mantenido enteramente mi palabra ayer. En el último momento me di cuenta de que el 31 de mayo caía en viernes. ¿Cómo iba yo a devolverle la libertad en viernes a mi amigo? Yo no creí deber asumir tamaña responsabilidad.

Me excuso también por no haber dado aquí, con mi franqueza habitual, explicaciones sobre la forma en que ese pequeño acontecimiento se ha llevado a cabo. Mi procedimiento es tan ingenioso y tan sencillo, que descubriéndolo temo que todos los malhechores se inspirarían en él. ¡Qué sorpresa causará el día que me esté permitido hablar! «¿Y no es más que eso?», se preguntará entonces la gente. No, no es más que eso, pero era preciso haberlo discurrido.

Reciba, señor director...

ARSÈNE LUPIN

Una hora más tarde, el señor Lenormand recibía una llamada telefónica: Valenglay, presidente del Consejo, requería su presencia en el ministerio del Interior.

—¡Qué buena cara tiene usted, mi querido Lenormand! ¡Y yo que lo creía a usted enfermo y no me atrevía a molestarlo!

—Yo no estoy enfermo, señor presidente.

—Entonces esa ausencia era motivada por el enojo... Siempre con ese mal genio.

—Que yo tenga mal genio, señor presidente, lo confieso... pero que me enoje, no.

—Pero usted se quedó en su casa. Y Lupin se aprovechó de ello para darle la llave de la libertad a sus amigos.

—¿Acaso podía yo impedirlo?

—¡Cómo! Pero la artimaña de Lupin ha sido vulgar. Conforme a su procedimiento habitual, anunció antes la fecha de la evasión; todo el mundo lo creyó, se realizó un intento de fuga y esta no se produjo, y al día siguiente, cuando ya nadie pensaba en ello, y ¡zas!, los pájaros volaron.

—Señor presidente —dijo gravemente el jefe de Seguridad—, Lupin dispone de tales medios, que nosotros no estamos en condiciones de impedir lo que él haya decidido. La evasión era segura, matemática. Y yo preferí desentenderme... y dejarles el ridículo a los otros.

Valenglay dijo con sorna:

—Es un hecho que a estas horas el prefecto de policía y el señor Weber no deben de estar, muy alegres. Pero, en fin, ¿puede usted explicarme, Lenormand?...

—Todo lo que se sabe, señor presidente, es que la evasión se produjo en el Palacio de Justicia. El detenido fue llevado en un coche celular y conducido luego al despacho del señor Formerie... pero ya no se sabe qué se hizo de él.

—¡Es pasmoso!

—Pasmoso.

—¿Y no se ha descubierto nada?

—Sí. El pasillo interior que corre a lo largo de los despachos de instrucción estaba atestado de una muchedumbre completamente insólita de detenidos, de guardias, de abogados y de ujieres, y se descubrió que toda esa gente había recibido falsas citaciones para comparecer allí a la misma hora. Por otra parte, ninguno de los jueces de instrucción que se suponía los habían convocado acudió ese día a su despacho, y esto a causa de otras falsas órdenes del ministerio Fiscal enviándolos a todos los rincones de París... y de los alrededores.

—¿Y eso es todo?

—No. Se vio a dos guardias municipales y a un detenido que atravesaban los patios. Afuera los esperaba un coche, al cual subieron los tres.

—¿Y su hipótesis, Lenormand? ¿Su opinión?

—Mi hipótesis, señor presidente, es que los dos guardias municipales eran cómplices que, aprovechándose del desorden de los pasillos, se hicieron pasar por verdaderos guardias. Y mi opinión es que esta evasión no pudo tener éxito sino gracias a unas circunstancias tan especiales y a un conjunto de hechos tan extraño que tenemos que admitir como ciertas las complicidades más inadmisibles. En el Palacio y fuera de él, Lupin tiene contactos que desbaratan todos nuestros cálculos. Las tiene en la Prefectura de Policía y las tiene en torno a mí. Es una organización formidable, un servicio de seguridad mil veces más hábil, más audaz, más diverso y más ágil que el que yo dirijo.

—¿Y usted soporta eso, Lenormand?

—No.

—Entonces, ¿por qué su inercia desde el principio de este asunto? ¿Qué ha hecho usted contra Lupin?

—He preparado la lucha.

—¡Ah! ¡Magnífico! Y mientras usted la preparaba, él actuaba.

—Y yo también.

—¿Y ha averiguado usted algo?

—Mucho.

—¡Vaya! Entonces, hable.

El señor Lenormand, meditativo y apoyándose en su bastón, dio un pequeño paseo por la vasta estancia. Luego se sentó frente a Valenglay, arregló con las puntas de los dedos las bocamangas de su levita color aceituna, aseguró sobre su nariz las gafas con montura plateada y dijo claramente:

—Señor presidente, tengo en la mano tres triunfos. Primero, sé el nombre bajo el cual se oculta actualmente Arsène Lupin, el nombre bajo el cual vivía en el bulevar Haussmann, recibiendo cada día a sus colaboradores, reconstruyendo y dirigiendo su banda.

—Pero entonces, ¡maldita sea!, ¿por qué no le detiene usted?

—No recibí esos informes sino después del golpe. Luego, el príncipe... llamémosle el príncipe Tres Estrellas, ha desaparecido. Está en el extranjero con otros asuntos.

—¿Y si no reaparece?

—La situación que él ocupa, la forma en que él se ha comprometido en el asunto Kesselbach exigen que él reaparezca y bajo el mismo nombre.

—A pesar de ello...

—Señor presidente, ahora voy con el segundo triunfo. He acabado por descubrir a Pierre Leduc.

—¡Vamos!

—O más bien, es Lupin quien lo ha descubierto, y es Lupin quien antes de desaparecer lo ha instalado en una pequeña residencia en los alrededores de París.

—¡Diablos! Pero ¿cómo ha sabido usted...?

—¡Oh! Fácilmente. Lupin ha colocado cerca de Pierre Leduc, como vigilantes y defensores de aquel, a dos de sus cómplices. Pero esos cómplices son agentes míos, dos hermanos a quienes yo empleo con gran secreto y que me lo entregarán en la primera ocasión.

—¡Bravo! ¡Bravo! De manera que...

—De manera que como Pierre Leduc es, podría decirse, el punto central en torno al cual convergen los esfuerzos de aquellos que andan en busca del famoso secreto de Kesselbach... por medio de Pierre Leduc yo me apoderaré un día u otro primero, del autor del triple asesinato, puesto que ese miserable ha sustituido al señor Kesselbach en la realización de un proyecto grandioso y hasta aquí desconocido, y puesto que el señor Kesselbach tenía necesidad de encontrar a Pierre Leduc para la realización de ese proyecto, y segundo, me apoderaré de Arsène Lupin, puesto que Arsène Lupin persigue el mismo objetivo.

—Maravilloso. Pierre Leduc es el cebo que usted le pone al enemigo.

—Y el pez muerde, señor presidente. Acabo de recibir un aviso según el cual ha sido visto hace unos momentos un individuo sospechoso que rondaba en torno a la pequeña residencia que Pierre Leduc ocupa bajo la protección de mis dos agentes secretos. Dentro de cuatro horas yo estaré en aquel lugar.

—¿Y el tercer triunfo, Lenormand?

—Señor presidente, ayer llegó a la dirección del señor Rudolf Kesselbach una carta que yo intercepté...

—La interceptó... eso está bien.

—... carta que yo abrí y guardé para mí. Hela aquí. Tiene fecha de hace dos meses y lleva los sellos de correos de El Cabo y contiene estas palabras:

Mi querido Rudolf:

Yo estaré el primero de junio en París y siempre tan miserable como cuando usted me ha socorrido. Pero espero mucho de ese asunto de Pierre Leduc que le he indicado. ¡Qué extraña historia! ¿Lo ha encontrado usted a él? ¿Dónde estamos? Me corre prisa saberlo.

Su fiel STEINWEG

—El primero de junio es hoy —continuó el señor Lenormand—. Yo he encargado a uno de mis inspectores que me encuentre a ese llamado Steinweg, y no dudo de conseguirlo.

—Yo tampoco lo dudo —exclamó Valenglay, levantándose de su asiento— y le presento a usted todas mis excusas, mi querido Lenormand, y mi humilde confesión: yo estaba a punto de largarlo a usted… pero por completo. Mañana espero al prefecto de policía y al señor Weber.

—Ya lo sabía, señor presidente.

—Es imposible.

—De otro modo, ¿me hubiera molestado yo? Hoy usted ve mi plan de batalla. De un lado, tiendo mis trampas en las que el asesino acabará por caer. Pierre Leduc o Steinweg me lo entregarán. Y del otro lado rondo en torno a Lupin. Dos de sus agentes están a sueldo mío y él los cree sus más fieles colaboradores. Además, él trabaja para mí, puesto que persigue como yo al autor del triple asesinato. Solamente que él se imagina que me la está jugando y soy yo quien se la está jugando a él. Por tanto, yo triunfaré, pero con una condición.

—¿Cuál?

—Que yo tenga las manos libres y que pueda actuar según las necesidades del momento, sin preocuparme del público que se impacienta ni de mis jefes que intrigan contra mí.

—Convenido.

—En ese caso, señor presidente, de aquí a algunos días yo habré vencido… o estaré muerto.

II

Saint-Cloud. Una pequeña residencia situada sobre uno de los puntos más elevados del llano a lo largo de un camino poco concurrido. Son las once de la noche. El señor Lenormand ha dejado su automóvil en Saint-Cloud y siguiendo el camino con precaución se acerca.

Surge una sombra.

—¿Eres tú, Gourel?

—Sí, jefe.

—¿Has avisado a los hermanos Doudeville de mi llegada?

—Sí, la habitación de usted está dispuesta. Puede usted acostarse y dormir… A menos que traten de secuestrar esta noche a Pierre Leduc, lo que no me sorprendería dados los manejos del individuo que los hermanos Doudeville han observado.

Entraron en el jardín de la residencia, caminando despacio, y subieron al primer piso. Los dos hermanos, Jean y Jacques Doudeville, estaban allí.

—¿No hay noticias del príncipe Sernine? —les preguntó el jefe.

—Ninguna, jefe.

—¿Y Pierre Leduc?

—Permanece acostado todo el día en su habitación de la planta baja o en el jardín. Nunca sube a vernos.

—¿Está mejor?

—Mucho mejor. El descanso lo transforma a simple vista.

—¿Es completamente fiel a Lupin?

—Más bien al príncipe Sernine, pues él no sabe que los dos son solo uno. Por lo menos yo lo supongo así, pues con él nunca se sabe nada. No habla jamás. ¡Ah! Es un tipo raro. No hay más que una persona que tenga el don de animarle, de hacerle hablar y hasta reír. Es una muchacha de Garches a la cual el príncipe Sernine le ha presentado, Geneviève Ernemont. Ella ha venido ya tres veces… Todavía hoy…

Y añadió, bromeando:

—Creo que flirtean un poco… Es como su alteza el príncipe Sernine y la señora Kesselbach… parece que a ella le gusta… ese condenado Lupin…

El señor Lenormand no respondió. Se percibía que todos esos detalles por los cuales no parecía interesarse profundamente, se grababan, sin embargo, en lo más profundo de su memoria para el instante en que precisara sacar las conclusiones lógicas.

Encendió un cigarro, lo mascó sin fumarlo, lo volvió a encender y lo tiró.

Hizo todavía dos o tres preguntas, y luego, completamente vestido, se tendió sobre la cama.

—A lo mínimo que ocurra, despiértenme… Si no, déjenme dormir… Váyanse… cada uno a su puesto.

Los otros salieron. Transcurrió una hora, dos horas…

De pronto, el señor Lenormand sintió que le tocaban. Era Gourel, quien le dijo:

—Levántese, jefe. Han abierto la barrera.

—¿Un hombre, dos hombres?

—Yo no he visto más que uno… La luna apareció en ese instante… está agachado detrás de un macizo.

—¿Y los hermanos Doudeville?

—Los he mandado afuera por la puerta de atrás. Ellos le cortarán la retirada cuando llegue el momento.

Gourel agarró de la mano al señor Lenormand y le condujo abajo y luego a una habitación oscura.

—No se mueva usted, jefe. Estamos en el cuarto tocador de Pierre Leduc. Yo voy a abrir la puerta de la alcoba donde él duerme… No tema nada… ha tomado su somnífero, como todas las noches… Nada le despertará… Venga… ¡Eh! El escondrijo es bueno… son las cortinas de su cama… Desde aquí, usted ve la ventana y todo el lado de la habitación que va desde la cama hasta la ventana.

Aquella ventana estaba completamente abierta y penetraba una confusa claridad, muy precisa por momentos, cuando la luna apartaba el velo de las nubes.

Los dos hombres no quitaban sus ojos del marco vacío de la ventana, seguros de que el acontecimiento esperado se produciría por allí.

Un ligero ruido… un crujido…

—Está escalando el enrejado.

—¿Es alto?

—Entre dos metros y dos metros y medio…

Los crujidos se hicieron más precisos.

—Vete, Gourel —murmuró Lenormand—. Ve a reunirte con los Doudeville… llévalos al pie del muro y cerradle el paso a quienquiera que baje por allí.

Gourel se fue.

En el mismo momento apareció una cabeza al ras de la ventana, y luego una sombra montó sobre el balcón. El señor Lenormand distinguió a un hombre delgado, de estatura superior a la media, vestido de colores oscuros y sin sombrero.

El hombre se volvió, e inclinado por encima del balcón observó durante unos segundos mirando al vacío, como para asegurarse de que no le amenazaba ningún peligro. Luego se inclinó y se tendió sobre el suelo. Parecía permanecer inmóvil. Pero, al cabo de un instante, el señor Lenormand se dio cuenta que la mancha negra que el individuo formaba en la oscuridad avanzaba, se aproximaba.

Llegó hasta la cama.

El jefe de Seguridad tuvo la sensación de que oía la

respiración de aquel ser y hasta que adivinaba sus ojos, sus dos ojos chispeantes, agudos, que taladraban las tinieblas, como destellos de fuego y que veían a través de aquellas tinieblas.

Pierre Leduc lanzó un profundo suspiro y se revolvió en la cama.

De nuevo imperó el silencio.

El individuo se había deslizado a lo largo de la cama mediante movimientos insensibles y su silueta, como una sombra, se destacaba sobre la blancura de las sábanas de la cama que colgaban.

Si el señor Lenormand hubiera alargado el brazo, hubiera tocado aquella respiración nueva que alternaba con la del durmiente y sintió como la ilusión de que percibía también el ruido de un corazón que latía.

De pronto surgió un chorro de luz... El individuo había apretado el resorte de una linterna eléctrica con proyector, y Pierre Leduc se encontró con el rostro iluminado por completo. Pero el individuo se mantenía en las sombras, y el señor Lenormand no podía verle la cara.

Vio solamente algo que brillaba dentro del campo de luz y se estremeció. Era la hoja de un cuchillo. Y aquel cuchillo puntiagudo, menudo, un estilete más bien que un puñal, le pareció idéntico al cuchillo que había recogido cerca del cadáver de Chapman, el secretario del señor Kesselbach.

Tuvo que imponerse toda su voluntad para no saltar sobre el individuo. Antes que nada quería ver qué era lo que venía hacer allí...

El individuo alzó la mano. ¿Iba a golpear? El señor Lenormand calculó la distancia para parar el golpe. Pero no, no era un ademán de asesinato, sino más bien un ademán de precaución.

Si Pierre Leduc se movía, si intentaba llamar, la mano

armada caería sobre él. El individuo se inclinó sobre el durmiente cual si examinara algo.

«La mejilla derecha —pensó el señor Lenormand—. La cicatriz de la mejilla derecha... quiere asegurarse de que efectivamente es Pierre Leduc.»

El hombre estaba ligeramente vuelto, de modo que solamente se le veían los hombros. Pero la ropa, el abrigo estaban tan próximos, que rozaban las cortinas detrás de las cuales se ocultaba el jefe de Seguridad.

«Un movimiento por su parte —pensó—, un temblor de inquietud y le echo la mano.»

Pero el hombre no se movió, dedicado enteramente a su examen.

Finalmente, después de haber pasado su puñal a la mano con que sostenía la linterna, alzó la sábana, ligeramente primero, luego un poco más, luego más aún de modo que el brazo izquierdo del durmiente quedó al descubierto y la mano al desnudo.

El chorro de luz de la linterna iluminó aquella mano. Cuatro dedos estaban desplegados íntegros. El quinto estaba cortado por la segunda falange.

Por segunda vez, Pierre Leduc hizo un movimiento. Inmediatamente la luz se apagó, y durante unos instantes el individuo permaneció cerca de la cama inmóvil y erguido completamente. ¿Se decidiría a golpear? El señor Lenormand sintió la angustia del crimen que él podía impedir tan fácilmente, pero que solo quería prevenir en el segundo supremo.

Hubo un silencio, muy prolongado. Súbitamente, tuvo la visión, desde luego inexacta, de que un brazo se alzaba. Instintivamente se movió y tendió la mano sobre el durmiente. Al hacer ese ademán, tropezó con el individuo.

Se escuchó un grito sordo. El individuo golpeó en el vacío, se defendió al azar y luego huyó hacia la ventana.

Pero el señor Lenormand había saltado sobre él y le sujetó los hombros con sus dos brazos.

Enseguida tuvo la sensación de que cedía y que más débil, rehuía la lucha y buscaba escurrírsele entre los brazos. Con todas sus fuerzas lo sujetó contra su cuerpo, lo dobló en dos y lo tendió sobre el suelo.

—¡Ah! Ya te tengo... ya te tengo —murmuró el jefe de Seguridad, triunfante.

Y experimentaba una singular embriaguez al aprisionar con su abrazo irresistible a aquel criminal terrible, aquel monstruo indomable. Lo sentía vivir y temblar, lleno de rabia y desesperado, mezcladas sus dos vidas y confundidas sus respiraciones.

—¿Quién eres? —le preguntó—. ¿Quién eres?... Tendrás que hablar.

Y apretaba el cuerpo de su enemigo con creciente energía, pues tenía la impresión de que aquel cuerpo iba disminuyendo entre sus brazos, que se esfumaba. Apretó más... todavía más...

Y de pronto tembló de pies a cabeza. Había sentido... sentía una pequeña punzada en la garganta... Exasperado, apretó más aún: el dolor aumentó. Se dio cuenta de que el individuo había conseguido doblar su brazo, deslizar su mano hasta el pecho y esgrimir su puñal. Cierto que el brazo estaba inmovilizado, pero a medida que el señor Lenormand apretaba más fuerte, la punta del puñal penetraba más en la carne a su alcance.

Volvió un poco la cabeza para escapar a aquella punta; pero esta siguió el movimiento y la herida se alargaba.

Dejó de moverse, asaltado por el recuerdo de los tres crímenes y por todo lo que representaba de espantoso, de atroz y de fatídico esta pequeña aguja de acero que se pegaba a su piel y que se hundía ahora también implacablemente...

De pronto soltó su presa y saltó hacia atrás. Luego, rápidamente, intentó reanudar la ofensiva Era demasiado tarde.

El individuo montaba ya sobre el balcón y saltaba al exterior.

—¡Atención, Gourel! —gritó a sabiendas de que su ayudante estaba allí preparado para recibir al fugitivo.

Se asomó.

Un crujido de guijarros en el suelo… una sombra entre dos árboles… el chasquido de la barrera… Y luego, ningún otro ruido… Ninguna intervención.

Sin preocuparse por Pierre Leduc, llamó:

—¡Gourel!… ¡Doudeville!…

No obtuvo respuesta. Reinaba el gran silencio nocturno del campo…

Aun a pesar suyo pensó en el triple asesinato, en el estilete de acero. Pero no, eso era imposible. El individuo no había tenido tiempo de golpear, incluso ni siquiera había necesitado hacerlo por haber encontrado el camino libre.

Saltó a su vez por la ventana, y haciendo funcionar el resorte de su linterna, a la luz de esta vio a Gourel, que yacía por tierra.

—¡Maldita sea! —juró—. Si está muerto, me la pagarán cara.

Pero Gourel estaba vivo… solamente aturdido, y unos momentos más tarde volvía en sí, y gruñía:

—Un puñetazo, jefe… un sencillo puñetazo en pleno pecho. Pero ¡qué hombrón!

—Entonces, ¿eran dos?

—Sí, uno pequeño, que subió por la ventana, y otro que me sorprendió mientras yo vigilaba.

—¿Y los Doudeville?

—No los he visto.

Encontraron a uno de ellos, Jacques, cerca de la barrera,

todo ensangrentado y con la mandíbula maltrecha, y al otro un poco más lejos, todo sofocado y con el pecho hundido.

—¿Qué?… ¿Qué ha ocurrido? —preguntó el señor Lenormand.

Jacques contó que su hermano y él habían tropezado con un individuo que los había puesto fuera de combate antes que siquiera tuvieran tiempo de defenderse.

—¿Estaba solo?

—No. Cuando volvió a pasar cerca de nosotros iba acompañado de un camarada más pequeño que él.

—¿Reconociste al que te golpeó?

—Por la anchura de las espaldas me pareció reconocer al inglés del hotel Palace, aquel que abandonó el hotel y del cual nosotros perdimos la pista.

—¿El comandante?

—Sí, el comandante Parbury.

III

Después de reflexionar unos instantes, el señor Lenormand dijo:

—No está permitido el dudar ya. En el asunto Kesselbach participaron dos: el hombre del puñal que mató, y su cómplice el comandante.

—Esa es la opinión del príncipe Sernine —murmuró Jacques Doudeville.

—Y esta noche —continuó el jefe de Seguridad— son ellos otra vez… los mismos dos.

Luego agregó:

—Tanto mejor. Siempre hay cien veces más posibilidades de apresar a dos culpables que a uno solo.

El señor Lenormand prestó atención a sus hombres, los hizo acostarse y luego buscó para ver si los asaltantes habían perdido algún objeto o dejado alguna huella. No encontró nada y se acostó.

Por la mañana, Gourel y los Doudeville ya no sentían mucho los efectos de sus descalabraduras, y el jefe ordenó a los dos hermanos que registraran los alrededores. Él se marchó con Gourel a París, a fin de apurar más sus asuntos y dar sus órdenes.

Almorzó en su despacho. A las dos de la tarde recibió una buena noticia. Uno de sus mejores agentes. Dieuzy, había detenido al bajar de un tren que venía de Marsella al alemán Steinweg, el corresponsal de Rudolf Kesselbach.

—¿Dieuzy está ahí? —preguntó.

—Sí, jefe —respondió Gourel—. Está ahí con el alemán.

—Que me los traigan aquí.

En ese momento recibió una llamada telefónica. Era Jean Doudeville, quien le llamaba desde la oficina de Garches. La comunicación fue rápida.

—¿Eres tú, Jean? ¿Qué hay de nuevo?

—Sí, jefe, el comandante Parbury...

—¿Qué ocurre?

—Le hemos encontrado. Se ha transformado en español y se ha oscurecido la piel. Acabamos de verle. Entraba en la Escuela Libre de Garches. Fue recibido por esa señorita... sabe usted, la joven que conoce el príncipe Sernine, Geneviève Ernemont.

—¡Rayos y centellas!

El señor Lenormand soltó el auricular, saltó sobre su sombrero, se precipitó al pasillo, encontró allí a Dieuzy y al alemán, y les gritó:

—A las seis... estén ustedes aquí...

Bajó corriendo la escalera seguido de Gourel y de tres

inspectores a quienes había recogido al pasar y se metieron todos en su automóvil.

—A Garches... diez francos de propina —le dijo al chófer.

Un poco antes del parque de Villeneuve, al comienzo de la calleja que conducía a la escuela, hizo parar el coche. Jean Doudeville, que le esperaba, exclamó inmediatamente:

—El pícaro se ha escurrido por el otro extremo de la calleja hace diez minutos.

—¿Solo?

—No, con la joven.

El señor Lenormand agarró a Doudeville por el pescuezo.

—¡Miserable! ¡Tú le has dejado irse! Era preciso...

—Mi hermano le va siguiendo la pista.

—¡Mucho adelantaremos con eso! ¡Se librará de tu hermano! ¿Acaso sois capaces de algo?

Tomó él mismo el volante del coche y se metió resueltamente por la calleja, sin tener en cuenta para nada las rodadas ni la maleza.

A toda prisa desembocaron en un camino vecinal que los condujo a una encrucijada donde se enlazaban cuatro carreteras. Sin dudar, el jefe de Seguridad escogió el camino de la izquierda, el de Saint Cucufa. De hecho, en lo alto de la loma que desciende hacia el estanque alcanzaron al otro hermano Doudeville, el cual les gritó:

—Van en un coche de caballos... a un kilómetro.

El jefe no se detuvo. Lanzó el coche cuesta abajo. Tomó a toda velocidad las curvas, rodeó el estanque y de pronto lanzó una exclamación de triunfo.

En la cima de una pequeña colina que se alzaba delante de ellos había visto la capota de un coche de caballos.

Desgraciadamente se había metido por una carretera equivocada. Tuvo que dar marcha atrás.

Cuando volvió al cruce de carreteras, el coche estaba todavía allí detenido. E inmediatamente, mientras hacía un viraje, divisó a una mujer que saltaba del coche. Un hombre apareció luego sobre el estribo. La mujer extendió un brazo. Se escucharon dos detonaciones.

Sin duda, la mujer había apuntado mal, pues por el otro lado de la capota apareció una cabeza, y el individuo, avistando el automóvil, descargó sobre el caballo un fuerte latigazo y aquel partió al galope. E inmediatamente un recodo del camino ocultó el vehículo.

En breves segundos, el señor Lenormand terminó la maniobra, aceleró cuesta arriba, pasó sin detenerse frente a la joven y audazmente giró.

Enfrente se extendía un camino de bosque que bajaba, abrupto y rocoso, entre un espeso arbolado y por el que no se podía viajar sino muy lentamente y con las mayores precauciones. Pero ¡qué importaba!

Veinte pasos adelante, el coche —una especie de cabriolé de dos ruedas— saltaba sobre las piedras del camino, arrastrando, o más bien retenido, por un caballo que no se arriesgaba sino prudentemente y a pasos contados. Ya no había nada que temer. La huida era imposible.

Y los dos vehículos rodaron de arriba abajo, traqueteando y sacudidos violentamente. Hubo incluso un momento en que estuvieron uno tan cerca del otro, que el señor Lenormand tuvo la idea de echar pie a tierra y correr detrás del coche con sus hombres. Pero presintió el peligro que correría si frenaba por una pendiente tan brusca y continuó rodando, cerrando de cerca al enemigo como a una presa que se tiene al alcance de la mirada… al alcance de la mano.

—Ya está, jefe… ya está… —murmuraban los inspectores, emocionados por lo imprevisto de aquella cacería.

Al fondo de ese camino partía otro que se dirigía hacia el Sena, hacia Bougival. Sobre terreno llano, el caballo avanzó a un ligero trote, sin apresurarse y manteniéndose por el medio de la vía.

Un violento esfuerzo aceleró al automóvil. Más que rodar pareció avanzar a saltos lo mismo que se lanza una fiera, y deslizándose a lo largo del parapeto dispuesto a romper todos los obstáculos, volvió a alcanzar al coche, se puso a su altura y se adelantó a él...

El señor Lenormand lanzó un juramento... se escuchó un clamor de rabia... El coche estaba vacío...

Sí, el coche estaba vacío. El caballo avanzaba pacíficamente con las riendas echadas sobre el lomo, regresando sin duda al establo de cualquier posada de las cercanías, donde había sido alquilado para el día.

Ahogando su cólera, el jefe de Seguridad dijo simplemente:

—El comandante debe de haber saltado en los breves segundos en que perdimos de vista el coche, al comienzo de la bajada de la cuesta.

—No nos queda más que registrar el bosque, jefe, y estamos seguros...

—De regresar como cazadores con el morral vacío... Ese mozo ya está lejos y no es de esos a los que se agarra dos veces en el mismo día. ¡Ah! ¡Maldita sea!

Al regresar se encontraron con la joven, que se hallaba acompañada dé Jacques Doudeville, y la cual no parecía en modo alguno sentir ya los efectos de su aventura.

El señor Lenormand, una vez que se dio a conocer, se ofreció para llevarla a su casa, e inmediatamente la interrogó sobre el comandante inglés Parbury. Ella se mostró sorprendida.

—Él no es ni comandante ni inglés, y tampoco se llama Parbury.

—Entonces, ¿cómo se llama?

—Juan Ribeira es español y está encargado por su Gobierno de estudiar el funcionamiento de las escuelas francesas.

—Sea. Su nombre y su nacionalidad no tienen importancia. Pero es en efecto el hombre que nosotros buscamos. ¿Hace mucho tiempo que usted le conoce?

—Hace unos quince días. Había oído hablar de una escuela que yo fundé en Garches y se interesó por mi intento hasta el punto de proponerme una subvención anual, con la única condición de que él pudiera venir de cuando en cuando a comprobar los progresos de mis alumnas. Yo no tenía el derecho a negarme…

—No, evidentemente, no obstante, hubiera debido consultar con otras personas de su confianza… ¿No está usted en relaciones con el príncipe Sernine? Es un hombre que puede aconsejarla bien.

—¡Oh! Tengo absoluta confianza en él, pero actualmente se encuentra de viaje.

—¿Y usted no tenía su dirección?

—No. Y, además, ¿qué hubiera podido decirle yo? Ese hombre se comportaba muy bien. No fue sino hoy cuando… Pero yo no sé…

—Señorita, le ruego a usted que me hable francamente… En mí también puede tener confianza.

—Pues bien, el señor Ribeira vino hace un poco. Me dijo que había sido enviado por una dama francesa de paso en Bougival, y que esta dama tenía una niña cuya educación quería confiarme y me rogaba fuese a verla sin tardanza. La cosa me pareció completamente natural. Y como hoy es día de asueto y el señor Ribeira había alquilado un coche que le esperaba al extremo del camino, no puse dificultad alguna para tomar asiento en él.

—Pero, en suma, ¿cuál era su objetivo?

Ella enrojeció, y dijo:

—Simplemente… raptarme. Al cabo de media hora me lo confesó.

—¿Y usted no sabe nada de él?

—No.

—¿Vive en París?

—Lo supongo.

—¿No le ha escrito a usted? ¿No tiene usted algunas líneas escritas de su puño y letra, algún objeto olvidado, un indicio que nos pueda servir?

—Ningún indicio… ¡Ah! No obstante… pero eso seguramente no tiene ninguna importancia…

—¡Hable!… ¡Hable!… Se lo ruego…

—Pues bien, hace dos días, ese caballero me pidió permiso para utilizar la máquina de escribir de la que yo me sirvo, y en ella escribió, con dificultad, pues no tiene práctica, una carta de la que por casualidad yo sorprendí la dirección.

—¿Y cuál era esa dirección?

—Le escribía al periódico *Journal* y puso dentro del sobre una veintena de sellos de correos para pagar el anuncio.

—Sí, un anuncio breve, sin duda —dijo Lenormand.

—Yo tengo el número de hoy de ese periódico, jefe —dijo Gourel.

El señor Lenormand desplegó la hoja impresa y consultó la página ocho. Después de unos instantes tuvo un sobresalto. Había leído estas líneas, redactadas con las habituales abreviaturas:

Informamos a toda persona que conozca al señor Steinweg que desearíamos saber si este se encuentra en París y su dirección. Contestar por este mismo medio.

—¡Steinweg! —exclamó Gourel—. Pero si es precisamente el individuo que Dieuzy nos trajo…

—Sí, sí —dijo el señor Lenormand—. Es el hombre cuya carta para Kesselbach yo intercepté; el hombre que lanzó a este sobre la pista de Pierre Leduc... Así pues, ellos también necesitan informes sobre Pierre Leduc y sobre su pasado... Ellos también andan a tientas...

Se frotó las manos. Steinweg estaba a su disposición. Antes de una hora, Steinweg habría hablado. Antes de una hora el velo de tinieblas que le oprimía y que hacía del suceso Kesselbach el asunto más angustioso y más impenetrable de todos cuantos él había tratado de desentrañar, quedaría desgarrado.

5

El señor Lenormand sucumbe

I

$\mathcal{A}$ las seis de la tarde, el señor Lenormand entraba de nuevo en su despacho de la Prefectura de Policía.

Inmediatamente le preguntó a Dieuzy:

—¿Está ahí el hombre?

—Sí.

—¿Qué averiguaste de él?

—No averigüé gran cosa. No dice ni una palabra. Yo le dije que conforme a las nuevas órdenes los extranjeros tenían obligación de hacer una declaración de residencia ante la Prefectura de Policía, y lo traje aquí, a la oficina del secretario de usted.

—Voy a interrogarle.

En ese momento entró un joven empleado, y anunció:

—Hay aquí una señora, jefe, que desea hablar con usted enseguida.

—¿Su tarjeta?

—Aquí está.

—¡La señora Kesselbach! Que entre.

El jefe salió en persona al encuentro de la joven señora y le rogó que se sentara. Tenía la misma mirada desolada, el mismo aspecto enfermizo y aquel aire de extrema laxitud que revelaban la tragedia de su vida.

Le tendió al jefe el ejemplar del *Journal,* señalando al lugar del anuncio breve donde se hacía referencia al señor Steinweg.

—El señor Steinweg era un amigo de mi marido —dijo ella—, y yo no dudo que no sepa muchas cosas.

—Dieuzy —dijo Lenormand—. Trae a esa persona que está esperando… su visita, señora, no habrá sido inútil. Solamente le ruego que cuando esa persona entre, no diga usted ni una sola palabra.

Se abrió la puerta. En el umbral apareció un hombre, un anciano con blanca barba, con el rostro estriado de profundas arrugas, pobremente vestido y con el aire de acosado que tienen esos miserables que ruedan por el mundo en busca del sustento cotidiano.

Permaneció en pie en el umbral; con los ojos parpadeantes miró al señor Lenormand, pareció molesto por el silencio que le acogía y volviendo el sombrero entre sus manos con torpeza.

Pero, de pronto, pareció sentirse estupefacto, sus ojos se agrandaron y tartamudeó:

—¡Señora!… ¡Señora Kesselbach!…

Había visto a la joven dama.

Y serenado, sonrió ya sin timidez, se acercó a ella y, con mal acento en su pronunciación, dijo:

—¡Ah, qué contento estoy!… ¡Por fin!… Yo creía ya que jamás… Estaba sorprendido… Allá no recibía noticias… ningún telegrama… ¿Y cómo se encuentra el bueno de Rudolf Kesselbach?

La joven señora hizo ademán de retroceder, cual si hubiera recibido un golpe en pleno rostro, y fulminantemente se desplomó sobre una silla, rompiendo en llanto.

—Pero ¿qué?… ¿Qué ocurre?… —preguntó Steinweg.

El señor Lenormand se interpuso enseguida entre ellos, y dijo:

—Ya veo, señor, que usted ignora ciertos acontecimientos que han ocurrido recientemente. ¿Hace mucho tiempo que se encuentra usted de viaje?

—Sí, tres meses… Había subido hasta las minas. Luego volví a Ciudad de El Cabo, desde donde le escribí a Rudolf. Sin embargo, en el camino acepté un empleo en Port Said. ¿Me supongo que Rudolf recibió mi carta?…

—Se encuentra ausente. Yo le explicaré las razones de su ausencia. Pero, antes que nada, hay un punto sobre el cual quisiéramos que nos informara. Se trata de un personaje que usted ha conocido y al que en su relación con el señor Kesselbach, usted designaba con el nombre de Pierre Leduc.

—¡Pierre Leduc! ¡Cómo! ¿Quién le ha dicho a usted…?

El anciano se sintió desconcertado.

—¿Quién le ha dicho a usted…? ¿Quién le ha revelado…?

—El señor Kesselbach.

—¡Jamás lo haría! Es un secreto que yo le revelé, y Rudolf guarda sus secretos… sobre todo este.

—No obstante, es indispensable que usted nos responda. Estamos realizando en estos momentos una investigación sobre Pierre Leduc que debe culminar sin tardanza, y solamente usted nos puede esclarecer, pues el señor Kesselbach ya no está presente.

—En suma —exclamó Steinweg, pareciendo decidirse—, ¿qué es lo que necesitan?

—¿Conocía usted a Pierre Leduc?

—Yo no le vi nunca, pero desde hace mucho tiempo soy poseedor de un secreto que le concierne. A causa de incidentes, que es inútil recordar y gracias a una serie de casualidades, acabé por adquirir la certidumbre de que aquel cuyo descubrimiento me interesaba, vivía en París en medio del mayor desorden y se hacía llamar Pierre Leduc, nombre que no era el suyo verdadero.

—Pero ¿y él sabía su verdadero nombre?

—Lo supongo.

—¿Y usted?

—Yo sí le conozco.

—Entonces, díganoslo usted.

El hombre reaccionó vivamente, y replicó:

—Yo no puedo decirlo… no puedo decirlo…

—Pero ¿por qué?

—Porque no tengo derecho a hacerlo. Todo el secreto depende de eso. Mas ese secreto, cuando yo se lo comuniqué a Rudolf, él le atribuyó la máxima importancia… tanto, que me dio una fuerte suma de dinero para comprar mi silencio y me prometió una fortuna, una verdadera fortuna el día en que lograra primero, encontrar a Pierre Leduc, y segundo, sacar partido de ese secreto.

El anciano sonrió con amargura, y añadió:

—La fuerte suma de dinero se ha esfumado, se ha perdido. Y ahora, yo venía a saber noticias de mi otra fortuna esperada.

—El señor Kesselbach ha muerto —le anunció el jefe de Seguridad.

Steinweg tuvo un sobresalto, y exclamó:

—¡Muerto! Pero ¿es posible? No, no, eso es una trampa. Señora Kesselbach, ¿es eso cierto?

Ella bajó la cabeza.

Steinweg pareció abrumado por la revelación imprevista, y tan dolorosa debió de resultar para él, que se echó a llorar.

—¡Mi pobre Rudolf! Yo le conocía desde pequeñito… venía a jugar a mi casa de Augsburgo… Yo le quería mucho…

E invocando el testimonio de la señora Kesselbach, agregó:

—Y él también, ¿no es verdad, señora? Él me quería

mucho. Él debió decírselo a usted... me llamaba su viejo padre Steinweg.

El señor Lenormand se acercó a él, y con voz precisa le dijo:

—Escúcheme. El señor Kesselbach murió asesinado... Vamos, tenga calma... los gritos son inútiles... Murió asesinado, y todas las circunstancias del crimen demuestran que el culpable estaba al corriente de ese famoso proyecto. ¿Acaso habría en la naturaleza de ese proyecto alguna cosa que le permitiera a usted adivinar?...

Steinweg había enmudecido. Por fin balbució:

—Fue culpa mía... Si yo no le hubiera inducido por ese camino...

La señora Kesselbach se le acercó suplicante, y le dijo:

—Cree usted... Tiene usted alguna idea... ¡Oh! Yo se lo ruego, Steinweg...

—Yo no tengo ninguna idea... no he reflexionado —murmuró él—; sería preciso que yo reflexionase...

—Busque usted en el círculo que rodeaba al señor Kesselbach —le dijo Lenormand—. ¿Nadie estuvo mezclado en las conversaciones entre usted y él en esa época? ¿No se habrá confiado él a alguna persona?

—A nadie.

—Intente recordar.

Los dos, Dolores y Lenormand, inclinados sobre el anciano, esperaban ansiosos su respuesta.

—No... —dijo—. No recuerdo nada...

—Busque bien —insistió el jefe de Seguridad—. El nombre y el apellido del asesino tienen como iniciales una L y una M.

—Una L —repitió él—. No veo... no veo nada... una L y una M...

—Sí, esas letras estaban grabadas en oro en un ángulo de una cigarrera que pertenecía al asesino.

—¿Una cigarrera? —repitió Steinweg, haciendo un esfuerzo de memoria.

—Una cigarrera de acero pulido... uno de los departamentos interiores está dividido en dos partes, la más pequeña para el papel de fumar, y la otra para el tabaco...

—En dos partes... en dos partes... —repetía el anciano, cuyos recuerdos parecían despertados por este detalle—. ¿No podrían enseñarme ese objeto?

—Helo aquí... o, mejor dicho, he aquí una reproducción exacta de la cigarrera —dijo Lenormand, entregándosela.

—¿Eh? ¿Qué? —dijo Steinweg, tomando la cigarrera.

La contempló con mirada estúpida, la examinó, le dio vueltas en sus manos en todos sentidos, y, de pronto, lanzó un grito... el grito de un hombre que se tropieza con una espantosa idea. Y se quedó inmóvil, lívido, con las manos temblorosas y los ojos extraviados.

—¡Hable! ¡Hable, pues! —le ordenó el señor Lenormand.

—¡Oh! —exclamó el otro como cegado por la luz—. Todo se explica ahora...

—¡Hable! Pero hable, entonces...

Los rechazó a los dos, se dirigió a la ventana, titubeando y luego volvió sobre sus pasos, y, arrojándose virtualmente sobre el jefe de Seguridad, le dijo:

—Señor... señor... el asesino de Rudolf... se lo voy a decir... Bien...

—¿Bien qué? —dijeron los otros.

Se interrumpió.

Un minuto de silencio... En la paz completa del despacho, entre aquellos muros que habían escuchado tantas confesiones, tantas acusaciones, el nombre del criminal, ¿iba o no a sonar? El señor Lenormand tenía la sensación de encontrarse al borde de un abismo insondable y desde cuyo fondo una voz subía... subía hacia él... Dentro de unos segundos sabría...

—No —murmuró Steinweg—. No, yo no puedo decirlo...

—¿Qué dice usted? —exclamó el jefe de Seguridad, furioso.

—Digo que no puedo.

—Pero ¡usted no tiene derecho a callarse! La Justicia exige que usted lo diga.

—Mañana hablaré... mañana... es preciso que reflexione... Mañana yo les diré todo lo que sé sobre Pierre Leduc... todo lo que supongo sobre esta cigarrera... Mañana, yo se lo prometo...

Se adivinaba en él cierta obstinación contra la cual chocaban en vano los esfuerzos más enérgicos. El señor Lenormand cedió, y dijo:

—Sea. Le concedo a usted hasta mañana. Pero le advierto que si mañana usted no habla, me veré obligado a comunicárselo al juez de instrucción.

Llamó al timbre, y llevando al inspector Dieuzy a un lado le dijo:

—Acompáñale hasta el hotel... y quédate allí... te voy a enviar a dos compañeros... Y sobre todo, mantén los ojos bien abiertos. Es posible que intenten arrebatárnoslo.

El inspector se llevó a Steinweg, y el señor Lenormand, volviéndose hacia la señora Kesselbach, a la cual aquella escena la había emocionado tremendamente, se disculpó, diciéndole:

—Crea que lo lamento mucho, señora... comprendo hasta qué punto debe de sentirse afectada...

Luego la interrogó sobre la época en que el señor Kesselbach había entrado en relaciones con el viejo Steinweg y sobre la duración de esas relaciones. Pero ella estaba tan cansada, que él no insistió más.

—¿Tengo que volver mañana? —preguntó la dama.

—No, claro que no. Ya la tendré a usted al corriente de todo cuanto diga Steinweg. ¿Me permite ofrecerle mi brazo para acompañarla hasta su coche?... Estos tres pisos son muy agotadores al bajar...

Abrió la puerta y se apartó para dejarle paso. En ese momento se oyeron exclamaciones en el pasillo, acompañadas de un revuelo de gente que corría... inspectores de servicio, empleados de las oficinas...

—¡Jefe! ¡Jefe!

—¿Qué ocurre?

—¡Dieuzy!

—Pero si acaba de salir de aquí...

—Le encontraron en la escalera.

—¿Muerto?

—No, sin sentido, desvanecido...

—Pero ¿y el hombre?... ¿El hombre que estaba con él?... ¿El viejo Steinweg?...

—Desapareció...

—¡Rayos y truenos!...

II

Se lanzó por el pasillo, bajó corriendo la escalera, y en medio de un grupo de personas que lo atendían encontró a Dieuzy tendido sobre el descansillo del primer piso.

Vio a Gourel, que subía, y le dijo:

—Gourel, ¿estabas abajo? ¿Has visto a alguien?

—No, jefe.

Dieuzy ya estaba recobrando el sentido, y enseguida, apenas abrió los ojos, balbució:

—Por aquí, en el descansillo, por la puerta pequeña...

—¡Ah, diablos! Es la puerta de la séptima sala —gritó el jefe de Seguridad—. Yo había ordenado que la cerrasen con llave... Era seguro que un día u otro...*

Corrió y echó mano a la manija de la puerta.

—¡Maldita sea! Está echado el cerrojo por el otro lado ahora.

Una parte de la puerta era de cristal. Con la culata de su revólver la rompió, descorrió el cerrojo y dijo a Gourel:

—Date una vuelta por ahí hasta la salida de la plaza Dauphine...

Y luego, volviendo junto a Dieuzy, le ordenó.

—Vamos, Dieuzy, habla. ¿Cómo acabaste en ese estado?

—Un puñetazo, jefe...

—¿Un puñetazo de ese viejo? Pero si apenas se tiene en pie...

—No fue el viejo, jefe, sino otro individuo que se paseaba por el pasillo mientras Steinweg se hallaba con usted y que nos siguió como si viniera acompañándonos... Llegados allí me pidió fuego para su cigarrillo. Busqué mi caja de cerillas... y entonces él aprovechó para descargarme un puñetazo sobre el estómago... Caí, y al caer tuve la impresión de que él abría esa puerta y que arrastraba al viejo con él...

—¿Podrías reconocer a ese individuo?

* Desde que el señor Lenormand no pertenece ya a la Seguridad, dos malhechores se han fugado por esa misma puerta después de librarse de los agentes que los escoltaban. La policía ha guardado silencio sobre esta doble evasión. ¿Por qué, entonces, si ese pasadizo es indispensable no se suprime del otro lado de la puerta el cerrojo inútil, que solo sirve para permitirle al fugitivo el cortarle el paso a quien le persiga y marcharse tranquilamente por el pasillo de la sala séptima civil y por la galería de la primera Presidencia?

—¡Oh sí, jefe!… Era un hombrón, de piel oscura… un tipo del Mediodía, a buen seguro…

—Ribeira —masculló el señor Lenormand—. Siempre él… Ribeira, alias *Parbury*. ¡Ah, el pirata, qué audacia…! Tenía miedo del viejo Steinweg… y vino a cogerlo aquí mismo, en mis barbas…

Y golpeando colérico el suelo con el pie, añadió:

—Pero diablos, ¿cómo supo ese bandido que Steinweg estaba aquí? No hace todavía cuatro horas que yo andaba a su caza e iba en su persecución por el bosque de Saint Cucufa… y ahora helo aquí… ¿Cómo lo supo él?… ¿Acaso está dentro de mi propia piel?…

Le acometió uno de esos accesos de ensoñación en el que le parecía ya no oír nada ni ver nada. La señora Kesselbach, que pasaba en ese momento, lo saludó sin que él respondiera.

Pero un ruido de pasos en el corredor lo sacó de su estupor.

—Por fin, hete aquí, Gourel.

—En efecto, jefe —respondió Gourel, todo sofocado—. Eran dos. Han seguido ese camino y salieron por la plaza Dauphine. Los esperaba un automóvil. Dentro había dos personas, un hombre vestido de negro con un sombrero blando echado sobre los ojos…

—Ese —murmuró el señor Lenormand— es el asesino, el cómplice de Ribeira-Parbury. ¿Y la otra persona?

—Una mujer. Una mujer sin sombrero; como si dijéramos una sirvienta… y, bonita, y al parecer, pelirroja.

—¿Eh? ¿Qué dices tú… que ella era pelirroja?

—Sí.

El señor Lenormand se volvió repentinamente, bajó la escalera de cuatro en cuatro, atravesó los patios y desembocó en el muelle de Orfèvres.

—¡Alto! —gritó.

Una victoria de dos caballos se alejaba. Era el coche de la señora Kesselbach. El cochero oyó la orden y se detuvo. Ya el señor Lenormand había subido en el estribo y decía:

—Mil perdones, señora, pero su ayuda me es indispensable. Le pediría a usted permiso para acompañarla... pero necesitamos actuar rápidamente.

Y volviéndose a Gourel, que le seguía, le dijo:

—Gourel, mi coche... ¿Lo despediste?... Entonces consigue otro, no importa cuál...

Cada cual corrió por su lado. Pero transcurrieron media docena de minutos antes de conseguir un coche de alquiler. El señor Lenormand hervía de impaciencia. En pie sobre la acera, la señora Kesselbach se bamboleaba con el frasco de sales en la mano.

Al fin se instalaron dentro del coche.

—Gourel, sube al lado del chófer y vayamos directo a Garches.

—¡A mi casa! —dijo Dolores, estupefacta.

Él no respondió. Iba asomado a la portezuela, agitando en la mano su pase de libre circulación y daba su nombre a los agentes que dirigían el tráfico. Finalmente, cuando llegaron al Cours-la-Reine, se sentó cómodamente y dijo:

—Le suplico a usted, señora, que responda claramente a mis preguntas. ¿Vio usted a la señorita Geneviève esta tarde, a eso de las cuatro?

—Geneviève... sí... cuando me estaba vistiendo para salir.

—¿Fue ella quien le habló del anuncio en el *Journal* referente a Steinweg?

—En efecto.

—¿Y fue por ello por lo que usted vino a verme enseguida?

—Sí.

—¿Estaba usted sola durante la visita de la señorita Ernemont?

—En verdad… yo no sé… ¿Por qué?

—Recuerde usted. ¿Una de sus sirvientas estaba allí
presente?

—Quizá… cuando yo me estaba vistiendo…

—¿Cómo se llaman?

—Suzanne y Gertrude.

—Una de ellas es pelirroja, ¿verdad?

—Sí, Gertrude.

—¿La conoce usted desde hace mucho tiempo?

—Su hermana ha estado a mi servicio desde hace mucho tiempo… y Gertrude está en mi casa desde hace años…
Es la dedicación personificada, la probidad…

—En una palabra, ¿usted responde por ella?

—¡Oh, absolutamente!

—Tanto mejor… tanto mejor…

Eran las siete y media y la luz del día comenzaba a ate-
nuarse cuando el automóvil llegó delante de la residencia
del Retiro. Sin preocuparse por su compañera, el jefe de la
Seguridad se precipitó a la portería de la institución. Allí
preguntó:

—La sirvienta de la señora Kesselbach acaba de llegar
a casa, ¿no es eso?

—¿Quién dice usted? ¿Qué sirvienta?

—Sí, Gertrude, una de las dos hermanas.

—Pero Gertrude no debe de haber salido, señor, nosotros no la vimos salir.

—Sin embargo, alguien acaba de regresar.

—¡Oh, no señor! Nosotros no le hemos abierto la
puerta a nadie desde… desde las seis de la tarde.

—¿Y no hay más salida que esta puerta?

—Ninguna. Los muros rodean la finca por todas partes,
y son altos…

—Señora Kesselbach —dijo Lenormand—, nosotros iremos a su pabellón.

Se dirigieron allí los tres. La señora Kesselbach, que no tenía llave, tocó el timbre. Fue Suzanne, la otra hermana, quien abrió.

—¿Gertrude está en casa? —preguntó la señora Kesselbach.

—Sí, señora, está en su habitación.

—Dígale que venga, señorita —ordenó el jefe de Seguridad.

Al cabo de unos instantes bajó Gertrude, atractiva y graciosa, con su delantal blanco adornado con bordados. Tenía un rostro bastante bonito, en efecto, encuadrado de cabellos rojos.

El señor Lenormand la observó largo tiempo sin decir nada, cual si tratara de penetrar más allá de aquellos ojos inocentes. No la interrogó. Al cabo de un rato dijo simplemente:

—Está bien, señorita. Le doy a usted las gracias. Vamos, Gourel.

Salió acompañado del brigadier, e inmediatamente, siguiendo las sombrías avenidas del jardín, le dijo:

—Es ella.

—¿Cree usted, jefe? ¡Tiene un aire tan suave!

—Demasiado suave. Otra se hubiera sorprendido y me hubiera preguntado por qué la había llamado. Pero ella, nada. No se preocupó de nada más que de poner una cara sonriente y mantener la sonrisa a toda costa. Pero en su sien vi brillar una gota de sudor que corría a lo largo de la oreja.

—¿Y entonces?

—Entonces, todo está claro. Gertrude es cómplice de esos bandidos que maniobran en torno a la familia Kesselbach, ya sea para sorprender y ejecutar el famoso proyecto, ya sea para apoderarse de los millones de la viuda. A eso de las cuatro, Gertrude, prevenida de que yo ya conocía el anuncio del *Journal*, y que además yo tenía una cita con Steinweg, se aprovechó de la salida de su ama, corrió a París, se encontró con Ribeira y con el hombre del sombrero blando, y los llevó al Palacio de Justicia, donde Ribeira secuestró en beneficio propio al señor Steinweg.

Reflexionó unos instantes y concluyó:

—Todo eso nos prueba: primero, la importancia que ellos atribuyen a Steinweg y el miedo que les inspiran sus revelaciones; segundo, que existe una verdadera conspiración urdida en torno a la señora Kesselbach; tercero, que no tengo tiempo que perder, pues la consideración está ya madura.

—Sea —dijo Gourel—, pero hay una cosa inexplicable. ¿Cómo pudo salir Gertrude de este jardín donde nos encontramos y luego volver a entrar sin que se enteraran los porteros?

—Por algún pasadizo secreto que esos bandidos han debido de construir recientemente.

—Y que, sin duda —contestó Gourel—, desembocará en el pabellón de la señora Kesselbach.

—Sí… quizá… —dijo el señor Lenormand—. Quizá… No obstante, yo tengo otra idea…

Siguieron la línea de los muros. La noche estaba clara, y aun cuando no se podían discernir sus siluetas, ellos sí veían lo suficiente para ir examinando a su paso las piezas de los muros y para descubrir alguna brecha en ellas, por muy hábilmente que hubiese sido practicada.

—¿Utilizaría una escala, quizá? —insinuó Gourel.

—No, puesto que Gertrude sale en pleno día. Un medio de comunicación de ese género no puede evidentemente dar al lado de fuera. Es preciso que el agujero esté oculto por alguna construcción ya existente.

—No hay más que los cuatro pabellones —objetó Gourel—, y los cuatro están habitados.

—Perdón, el tercer pabellón, el llamado pabellón Hortensia, no está habitado.

—¿Quién se lo dijo a usted?

—La portera. Por temor al ruido, la señora Kesselbach ha alquilado ese pabellón, que está próximo al suyo. ¿Quién sabe si al proceder así lo hizo bajo la influencia de Gertrude?

Dio vuelta a la casa. Las contraventanas estaban cerradas. Jugándose el todo por el todo levantó el postigo de la puerta, y la puerta se abrió.

—¡Ah, Gourel! Creo que hemos acertado. Entremos. Enciende tu linterna… ¡Oh! El vestíbulo, el salón, el comedor… todo inútil. Debe de haber un sótano, ya que la cocina no está en este piso.

—Por aquí, jefe… aquí está la escalera de servicio.

Bajaron, en efecto, hasta una cocina bastante amplia y repleta de sillas de jardín y de sillones de mimbre. Un lavadero, que servía también de bodega, presentaba el mismo desorden de objetos amontonados unos sobre otros.

—¿Qué es lo que brilla ahí, jefe?

Agachándose, Gourel recogió del suelo un alfiler de cobre con la cabeza con una perla falsa.

—La perla está aún completamente brillante —dijo Lenormand—, y no lo hubiera estado si llevara mucho tiempo en esta cueva. Gertrude ha pasado por aquí, Gourel.

Gourel se puso a deshacer un montón de barriles, de cajas y de viejas mesas cojas.

—Estás perdiendo el tiempo, Gourel. Si el pasadizo estuviera por ahí, ¿cómo iban, en primer lugar, a tener tiempo para quitar todos esos objetos y luego colocarlos de nuevo detrás de sí? Mira, he aquí un postigo de ventana fuera de uso que no tiene ninguna razón seria para estar sujeto al muro por ese clavo. Quítalo.

Gourel obedeció.

Detrás del postigo, el muro estaba hueco. A la luz de la linterna vieron un subterráneo que se perdía en la oscuridad.

III

—No me equivocaba —dijo el señor Lenormand—. Ese pasadizo es de fecha reciente. Ves, son trabajos hechos con prisa y para una duración limitada… No hay albañilería. De trecho en trecho, dos maderos en cruz y una viga que sirve de techo, y eso es todo. Eso aguantará lo que aguante, pero siempre será lo bastante para el objetivo que ellos persiguen, es decir…

—¿Es decir qué, jefe?

—Pues bien, en primer lugar, para permitir las idas y venidas de Gertrude y sus cómplices… y luego un día… un día próximo, el secuestro, o, más bien, la desaparición milagrosa e incomprensible de la señora Kesselbach.

Avanzaron con precaución para no chocar contra algunos de los postes del subterráneo, cuya solidez no parecía a toda prueba. A primera vista, la extensión del túnel era muy superior a los cincuenta metros, cuando más, que separaban en el exterior el pabellón del extremo del jardín. Por consiguiente, el subterráneo debía de llegar bastante más lejos de los muros y más allá de un camino que bordeaba la finca.

—¿Por aquí no vamos por el lado de Villeneuve y del estanque? —preguntó Gourel.

—En absoluto, todo lo contrario —afirmó Lenormand.

La galería bajaba en suave pendiente. Apareció un peldaño, luego otro y luego se doblaba a la derecha En ese momento tropezaron con una puerta que estaba encajada en un rectángulo de morillo cuidadosamente cimentado. El señor Lenormand empujó la puerta y esta se abrió.

—Un segundo, Gourel —dijo, deteniéndose—. Reflexionemos... Quizá sería mejor que regresáramos.

—¿Y por qué?

—Hay que pensar que Ribeira ha previsto el peligro y hay que suponer que ha tomado precauciones para el caso de que el subterráneo fuese descubierto. Y él sabe que nosotros anduvimos huroneando en el jardín. Sin duda, nos ha visto entrar en este pabellón. ¿Quién nos asegura que él no esté ahora tendiéndonos una trampa?

—Somos dos, jefe.

—¿Y ellos no serán veinte?

Observó. El subterráneo ascendía y se dirigió hacia la otra puerta, distante cinco o seis metros.

—Lleguemos hasta aquí —dijo— y ya veremos.

Pasó, seguido de Gourel, al cual recomendó que dejara la puerta abierta, y avanzó hacia la otra con la idea firme de no ir más allá. Pero aquella puerta estaba cerrada, y aunque la cerradura parecía funcionar, no consiguió abrirla.

—Está echado el cerrojo por el otro lado. No hagamos ruido y regresemos. Una vez fuera estableceremos, conforme a la orientación de este subterráneo, la línea sobre la cual habrá que buscar la otra salida del mismo.

Regresaron por el mismo camino hacia la primera puerta, cuando Gourel, que iba al frente, lanzó una exclamación de sorpresa.

—¡Mire, la puerta está cerrada...!

—¡Cómo! Pero si yo te había dicho que la dejaras abierta...

—La dejé abierta, jefe, pero el batiente se cerró solo.

—¡Imposible! Habríamos oído el ruido.

—¿Entonces?...

—Entonces... entonces... yo no sé...

Se acercó.

—Veamos... hay una llave... y gira. Pero del otro lado debe de haber un cerrojo.

—¿Quién lo habrá echado?

—Ellos, ¡maldición! Detrás de nosotros. Quizá tienen otra galería a lo largo de esta misma... o bien se hallaban ocultos en ese pabellón deshabitado... En fin, que estamos encerrados en la trampa.

Intentó hacer funcionar la cerradura: introdujo su navaja en la hendidura y buscó todos los medios; luego, en un momento de decepción, dijo:

—No hay nada que hacer.

—¿Cómo, jefe, que no hay nada que hacer? ¿En ese caso estamos perdidos?

—En verdad... —le respondió.

Volvieron a la otra puerta, y luego, una vez más, regresaron a la primera. Las dos eran puertas macizas, de dura madera, reforzadas con traviesas... en suma, indestructibles.

—Necesitaríamos un hacha —dijo el jefe de Seguridad— o cuando menos un buen instrumento... incluso un cuchillo, con el cual intentaríamos cortar el lugar probable donde se encuentra el cerrojo... Pero no tenemos nada.

Sufrió un acceso de rabia repentino y se lanzó con el cuerpo contra el obstáculo como si esperara derribarlo. Luego, impotente, vencido, le dijo a Gourel:

—Escucha, ya trataremos de esto dentro de una o dos horas... Estoy cansado... voy a dormir... Tú vela durante ese tiempo... Y si vinieran a atacarnos...

—¡Ah! Si vinieran estábamos salvados, jefe... —exclamó Gourel como un hombre a quien hubiera aliviado la batalla, por desigual que esta fuese.

El señor Lenormand se acostó en el suelo. Al cabo de un minuto dormía.

Cuando se despertó permaneció unos instantes indeciso, sin comprender, preguntándose qué clase de sufrimiento era el que lo atormentaba.

—¡Gourel! —llamó—. ¡Gourel!

Al no obtener respuesta hizo funcionar el resorte de su linterna y vio a su lado a Gourel, que dormía profundamente.

«¿Por qué siento estos dolores? —pensaba—. ¿Estos retortijones?... ¡Ah! Ya sé... es hambre, sencillamente... me muero de hambre. Entonces, ¿qué hora debe de ser?»

Su reloj marcaba las siete y veinte, pero recordó que no le había dado cuerda. Y el reloj de Gourel tampoco funcionaba.

A su vez, Gourel se despertó bajo la acción de los mismos dolores de estómago y calcularon que la hora del almuerzo había pasado ya hacía mucho y que habían dormido una parte del día.

—Tengo las piernas adormecidas —dijo Gourel—, y los pies como si estuvieran metidos en hielo. ¡Qué impresión tan rara!

Intentó frotarse los pies, y entonces exclamó:

—¡Caray! ¡No es en hielo en lo que estaban metidos mis pies, sino en agua! Mire, jefe... Por el lado de la primera puerta es una verdadera marea.

—Son filtraciones —respondió el señor Lenormand—. Subamos hacia la segunda puerta y te secarás...

—Pero ¿qué es lo que va a hacer usted, jefe?

—¿Crees que me voy a dejar enterrar vivo en esta cueva?... ¡Ah, no! No tengo todavía edad bastante para eso... Puesto que las dos puertas están cerradas, intentemos atravesar las paredes.

Una a una empezó a sacar las piedras que hacían saliente a la altura de la mano, con la esperanza de practicar otra galería que bajaría en pendiente hasta el nivel del suelo. Pero el trabajo era largo y penoso, pues en esta parte del subterráneo las piedras estaban cimentadas.

—Jefe... jefe... —balbució Gourel con voz entrecortada.

—¿Qué pasa?

—Tiene usted los pies metidos en el agua.

—Pues es verdad... ¿Y qué quieres?... Nos secaremos al sol...

—Pero ¿no ve usted que está subiendo, jefe, que está subiendo...?

—¿Qué es lo que sube?

—El agua...

El señor Lenormand sintió un escalofrío que le corrió por la piel. De repente, comprendió. No eran filtraciones fortuitas, sino una inundación hábilmente preparada y que se producía mecánicamente, en forma irresistible, gracias a algún sistema infernal.

—¡Ah, el canalla! —gruñó—. ¡Como alguna vez le eche la mano...!

—Sí, sí, jefe; pero primero tenemos que salir de aquí, y para mí...

Gourel parecía completamente abatido, incapaz de tener una idea o proponer un plan.

El señor Lenormand se había arrodillado sobre el suelo y medía la velocidad con que el agua se elevaba. Una cuarta parte de la primera puerta estaba ya cubierta, y el agua avanzaba a media distancia de la segunda.

—El avance es lento, pero ininterrumpido —dijo—. Dentro de unas horas ya nos llegará por encima de la cabeza.

—Pero esto es espantoso, jefe, es horrible —gimió Gourel.

—¡Vamos! No vas a darnos la lata con tus lamentos de

Jeremías, ¿verdad? Llora, si eso te divierte, pero que yo no te oiga.

—Es el hambre lo que me debilita, jefe, mi cerebro da vueltas.

—Cómete un puño.

Como decía Gourel, la situación era espantosa, y si el señor Lenormand hubiera tenido menos energía, hubiera abandonado una lucha tan vana. ¿Qué hacer? No cabía esperar que Ribeira tuviese la caridad de salvarlos y abrirles camino. Tampoco cabía esperar que los hermanos Doudeville pudieran socorrerlos, pues los inspectores ignoraban la existencia de este túnel.

Por consiguiente, no les quedaba ninguna esperanza… ninguna esperanza que no fuese un milagro imposible…

—¡Veamos, veamos! —repetía el señor Lenormand—. Es demasiado estúpido… no vamos a reventar aquí. ¡Qué diablos! Debe de haber alguna cosa… Alúmbrame, Gourel.

Pegado a la segunda puerta, examinó de arriba abajo todos los rincones. Había de este lado un cerrojo, como seguramente había otro del otro lado. Un cerrojo enorme. Con la hoja de su navaja quitó el tornillo y el cerrojo se desprendió.

—¿Y ahora? —preguntó Gourel.

—Ahora… este cerrojo es de hierro, bastante largo, casi puntiagudo… Cierto que no vale tanto como un pico, pero, a pesar de eso, mejor es esto que nada, y…

Sin terminar la frase hundió el instrumento en la pared de la galería, un poco antes del pilar de albañilería que sostenía los goznes de la puerta. Esperaba que una vez atravesada la primera capa de cemento y de piedras encontraría tierra blanda.

—Manos a la obra —exclamó.

—Yo estoy dispuesto, pero explíqueme usted…

—Es bien sencillo. Se trata de excavar en torno a este pilar un pasadizo de tres o cuatro metros de largo que comunique con el túnel más allá de la puerta y que nos permita escapar.

—Pero harán falta horas, y durante ese tiempo el agua sigue subiendo.

—Alúmbrame, Gourel.

La idea del señor Lenormand era acertada, y con un poco de esfuerzo, cavando hacia él y haciendo caer en el túnel la tierra que atacaba con el instrumento, no tardó en abrir un agujero bastante grande para deslizarse por él.

—Ahora me toca a mí, jefe —dijo Gourel.

—¡Ah, ah! ¿Vuelves a la vida? Pues bien, trabaja. No tienes más que cavar en torno al pilar.

En ese momento el agua les llegaba a los tobillos. ¿Les daría tiempo a terminar la obra que habían comenzado? A medida que avanzaban se les hacía más difícil el trabajo, a causa de que la tierra que habían quitado les estorbaba cada vez más, y tendidos boca abajo en el pasadizo se veían obligados a cada instante a retirar para atrás los escombros que lo obstruían.

Al cabo de dos horas, el trabajo estaba terminado en sus tres cuartas partes, pero el agua les cubría las piernas. Todavía una hora más y el agua llenaría el agujero que ellos habían hecho.

Y entonces sería el fin.

Gourel, agotado por la falta de alimentos, y siendo de fuerte corpulencia para ir y venir dentro de aquel pasillo cada vez más estrecho, tuvo que renunciar. Ya no se movía, y temblaba de angustia al sentir aquella agua helada que lo iba envolviendo poco a poco.

El señor Lenormand trabajaba con un ardor incansable. Era una tarea terrible, una obra de termitas realizada en unas tinieblas asfixiantes. Sus manos sangraban. Desfallecía de hambre. Respiraba con dificultad aquel aire insuficiente, y de tiempo en tiempo los suspiros de Gourel le recordaban el espantoso peligro que lo amenazaba en el fondo de su cueva.

Pero nada hubiera podido desanimarlo, pues ahora encontraba frente a él aquellas piedras cimentadas que componían la pared de la galería. Era lo más difícil, pero el final se aproximaba.

—Esto sube —gritaba Gourel con voz entrecortada—. Esto sube.

El señor Lenormand redoblaba sus esfuerzos. De pronto, el hierro del cerrojo de que se servía golpeó en el vacío. El paso estaba abierto. No quedaba más que agrandarlo, lo que resultaba ya mucho más fácil ahora que él podía echar los materiales hacia delante.

Gourel, enloquecido de terror, lanzaba aullidos como una bestia que agonizase. No se emocionaba, aunque la salvación estaba allí al alcance de su mano.

Sin embargo, el jefe de Seguridad experimentó unos instantes de ansiedad al comprobar por los ruidos de los materiales que caían que aquella parte del túnel estaba igualmente llena de agua… lo que era natural, ya que la puerta no constituía un dique suficientemente hermético para contenerla. Pero qué importaba… La salida estaba libre… Un último esfuerzo… Pasó…

—Ven, Gourel —le gritó, yendo a buscar a su compañero.

Tiró de él, medio muerto, por los puños.

—Vamos, muévete, zoquete, pues ya estamos salvados.

—¿Cree usted, jefe… cree usted?… El agua nos llega hasta el pecho.

—No importa… Mientras no nos llegue por encima de la boca… ¿Y tu linterna?

—Ya no funciona.

—Tanto peor.

Lanzó una exclamación de alegría.

—Un peldaño... dos peldaños... Una escalera... ¡Por fin!

Salían del agua, de aquella agua maldita que casi se los había tragado, y experimentaban una sensación deliciosa, una liberación que los exaltaba.

—¡Detente! —murmuró el señor Lenormand.

Su cabeza había chocado contra algo. Con los brazos extendidos se sostuvo forcejeando hacia arriba contra el obstáculo. Era el batiente de una trampa, y abierta esta se penetraba en una cueva donde por un respiradero se filtraba la luz de una noche clara.

Levantó el batiente y escaló los últimos peldaños.

Un manto cayó sobre él. Unos brazos lo apresaron. Se sintió como envuelto en un cobertor, metido en una especie de saco y luego amarrado con cuerdas.

—Ahora el otro —dijo una voz.

Debieron de ejecutar una operación similar con Gourel, y luego la misma voz dijo:

—Si gritan, mátalos enseguida. ¿Tienes tu puñal?

—Sí.

—En marcha. Vosotros dos coged a este... y vosotros dos al otro... Nada de luces ni tampoco nada de ruidos... Eso sería peligroso. Desde esta mañana huronean en el jardín de al lado... Son diez o quince los dedicados a esta faena. Vuélvete al pabellón, Gertrude, y si ocurre lo más leve telefonéame a París.

El señor Lenormand tuvo primero la impresión de que lo llevaban cargado, y luego de unos instantes la de que estaban al aire libre.

—Acerca la carreta —ordenó la misma voz.

El señor Lenormand oyó el ruido de un coche y de un caballo.

Lo tendieron sobre unas tablas. Gourel fue colocado cerca de él, y el caballo arrancó al trote.

El viaje duró una media hora aproximadamente.

—¡Alto! —ordenó la voz—. ¡Bajadlos! Conductor, dale vuelta a la carreta de modo que la parte de atrás quede junto al parapeto del puente… Bien… ¿No se ven barcos por el Sena? Entonces no perdamos tiempo… ¡Ah! ¿Les habéis puesto piedras dentro?

—Sí, unos adoquines.

—En ese caso, adelante. Encomiende su alma a Dios, señor Lenormand, y ruegue por mí, Parbury-Ribeira, más conocido por el nombre de barón de Altenheim. ¿Ya está? ¿Todo está listo? Pues… buen viaje, señor Lenormand.

El señor Lenormand fue colocado sobre el parapeto del puente. Luego lo empujaron. Sintió que caía en el vacío, y todavía oyó la voz que decía con sorna:

—¡Buen viaje!

Diez segundos después le llegaba el turno al brigadier Gourel.

6

Parbury-Ribeira-Altenheim

I

*L*as niñas jugaban en el jardín bajo la vigilancia de la señorita Carlota, nueva colaboradora de Geneviève. La señora Ernemont les distribuyó dulces y luego regresó a una habitación que servía de salón y sala de estar, y se instaló ante un escritorio, en el cual puso en orden los papeles y los registros que allí había.

De pronto tuvo la sensación de la presencia de alguien extraño en la habitación y se volvió.

—¡Tú! —exclamó ella—. ¿De dónde vienes?... ¿Por dónde entraste?...

—Silencio —dijo el príncipe Sernine—. Escúchame y no perdamos ni un minuto. ¿Y Geneviève?

—Está de visita en casa de la señora Kesselbach.

—¿Cuándo viene?

—No vendrá antes de una hora.

—Entonces dejaré que entren los hermanos Doudeville. Tengo cita aquí con ellos. ¿Cómo está Geneviève?

—Muy bien.

—¿Cuántas veces ha visto a Pierre Leduc después de mi partida... desde hace diez días?

—Tres veces, y debe volver a verlo hoy en casa de la señora Kesselbach, a la cual se lo ha presentado, conforme a tus órdenes. Solamente que, te diré, ese Pierre Leduc a mí no me parece gran cosa. Geneviève necesitaría más bien encontrar a un buen muchacho de su clase. Por ejemplo, el profesor.

—¡Tú estás loca! Casarse Geneviève con un maestro de escuela…

—¡Ah! Si tú tuvieras en cuenta ante todo la felicidad de Geneviève…

—¡Caray, Victoria! Me fastidias con todas tus charlatanerías. ¿Acaso tengo tiempo para andar con sentimentalismos? Yo estoy jugando una partida de ajedrez y voy empujando mis piezas sin preocuparme de lo que ellas piensen. Cuando yo haya ganado la partida, ya me preocuparé de saber si el caballo del ajedrez, Pierre Leduc, y la reina, Geneviève, tienen corazón.

Ella lo interrumpió, diciendo:

—¿Has oído?… Un silbido…

—Son los dos Doudeville. Vete a buscarlos y luego déjanos.

Desde el momento que entraron los dos hermanos, el príncipe procedió a interrogarlos con su habitual precisión:

—Ya sé lo que los periódicos han dicho sobre la desaparición de Lenormand y de Gourel. ¿Sabéis vosotros algo más?

—No. El subjefe señor Weber ha tomado el asunto en sus manos. Desde hace ocho días andamos registrando el jardín de la residencia de Retiro, pero no se ha llegado a explicar cómo han podido desaparecer. Todo el servicio anda por los aires… Jamás se había visto eso… un jefe de Seguridad que desaparece… y sin dejar huella…

—¿Y las dos sirvientas?

—Gertrude se ha marchado. Andamos buscándola.

—¿Y su hermana Suzanne?

—El señor Weber y el señor Formerie la han interrogado. No hay nada contra ella.

—¿Y eso es todo cuanto tenéis que decirme?

—¡Oh, no! Hay también otras cosas… todo lo que nosotros no le hemos dicho a los periódicos.

Entonces contaron los acontecimientos que habían ocurrido en los dos últimos días que había estado presente el señor Lenormand, la visita nocturna de los dos bandidos a la residencia de Pierre Leduc y, luego, al día siguiente, la tentativa de rapto cometida por Ribeira y la persecución por los bosques de Saint Cucufa; luego, la llegada del viejo Steinweg, su interrogatorio en la Dirección de Seguridad, delante de la señora Kesselbach, y su desaparición del Palacio de Justicia.

—¿Y nadie, excepto vosotros, está enterado de esos detalles?

—Dieuzy sabe lo del incidente de Steinweg… fue él mismo quien nos lo contó.

—¿Y continúan teniendo confianza en vosotros en la Prefectura?

—Tienen tanta confianza que se nos emplea abiertamente. El señor Weber no ve más que por nuestros ojos.

—Entonces —dijo el príncipe—, no todo está perdido. Si el señor Lenormand ha cometido alguna imprudencia que le ha costado la vida, como yo supongo, no habrá dejado de realizar antes de ello una buena tarea, y ahora no hay más que continuarla. El enemigo nos lleva ventaja, pero ya lo alcanzaremos.

—Nos va a ser difícil, jefe.

—¿Por qué? Se trata, simplemente, de volver a encontrar al viejo Steinweg, puesto que él es quien posee la clave del enigma.

—Sí, pero ¿dónde ha ocultado Ribeira al viejo Steinweg?

—En su casa.

—Será preciso entonces averiguar dónde vive Ribeira.

—¡Claro!

Una vez que despidió a los dos hermanos, el príncipe se dirigió a la residencia de Retiro. Frente a la puerta se hallaban estacionados dos automóviles, y dos hombres iban y venían como si estuvieran haciendo guardia.

En el jardín, cerca del pabellón de la señora Kesselbach, vio sentados en un banco a Geneviève, Pierre Leduc y un señor de fuerte complexión que llevaba monóculo. Los tres estaban hablando, y ninguno de ellos lo vio a él.

Entonces, varias personas salieron del pabellón. Eran estas el señor Formerie, el señor Weber, un secretario de juzgado y dos inspectores. Geneviève entró en la casa, el señor del monóculo le habló al juez y al subjefe de Seguridad y se alejó lentamente con ellos. Sernine se acercó al banco donde Pierre Leduc estaba sentado y murmuró:

—No te muevas, Pierre Leduc, soy yo.

—¡Usted!... ¡Usted!...

Era la tercera vez que el joven veía a Sernine desde la horrible noche del hotel de Versalles, y cada vez que esto ocurría se sentía trastornado.

—Responde... ¿Quién es el individuo del monóculo?

Pierre Leduc balbució, empalideciendo. Sernine le pellizcó el brazo.

—¡Responde, maldita sea! ¿Quién es?

—El barón Altenheim.

—¿De dónde viene?

—Era un amigo del señor Kesselbach. Ha llegado de Austria hace seis días y se ha puesto a disposición de la señora Kesselbach.

En el intervalo, los magistrados, así como el barón Altenheim, habían salido del jardín.

—¿El barón te ha interrogado?

—Sí, mucho. Mi caso le interesa. Quisiera ayudarme a volver a encontrar a mi familia, y me ha pedido que le cuente recuerdos de mi infancia.

—¿Y qué le has dicho?

—Nada, puesto que nada sé. ¿Es que acaso tengo yo recuerdos? Usted me puso en el lugar del otro y yo ni siquiera sé quién era ese otro.

—Tampoco lo sé yo —respondió con ironía el príncipe—, y en eso es en lo que consiste lo extraño de tu caso.

—¡Ah! Usted se ríe... usted se ríe siempre... Pero yo... yo comienzo a cansarme de esto... Me encuentro mezclado en montones de cosas sucias... y eso sin contar el peligro que corro representando un personaje que no soy.

—¿Cómo... que no eres? Tú, cuando menos, eres duque lo mismo que yo soy príncipe... incluso quizá más... Y además, si no lo eres, conviértete en él, ¡diablos! Geneviève solamente puede casarse con un duque. Mírala... ¿Acaso Geneviève no vale que tú vendas tu alma a cambio de sus hermosos ojos?

Él ni siquiera lo observó, sintiéndose indiferente a lo que pensaba. Se dirigieron a la residencia, y al final de la escalera apareció Geneviève, graciosa y sonriente.

—¿Ya está usted de regreso? —le dijo al príncipe—. ¡Ah! Tanto mejor. Estoy contenta... ¿Quiere usted ver a Dolores?

Después de unos instantes lo hizo pasar a la habitación donde estaba la señora Kesselbach. El príncipe quedó sorprendido. Dolores estaba todavía más pálida y más demacrada que el último día que él la había visto. Tendida sobre un diván, envuelta en ropa blanca, tenía el aspecto de esos enfermos que renuncian a luchar por la vida. En efecto, ya no luchaba más contra el destino, que la abrumaba con sus golpes.

Sernine la miraba con una profunda lástima y con una

emoción que no intentaba disimular. Ella le agradeció la simpatía que él le testimoniaba. También habló del barón Altenheim en términos amistosos.

—¿Lo conocía usted antes de ahora? —le preguntó él.

—De nombre sí, y también por referencias de mi marido, con el cual mantenía estrecha relación.

—Yo he conocido a un Altenheim que vivía en la calle Daru. ¿Cree usted que sea este mismo?

—¡Oh, no! Ese vive… De hecho yo no sé mucho… me ha dado su dirección, pero yo no podría decir…

Tras unos minutos de conversación, Sernine se retiró.

Geneviève lo esperaba en el vestíbulo.

—Tengo que hablarle —le dijo ella vivamente—. Hay cosas graves… ¿Lo ha visto usted?

—¿A quién?

—Al barón Altenheim… Pero ese no es su nombre… o cuando menos tiene otro… lo he reconocido… Pero él no lo sospecha…

Tiraba del príncipe hacia fuera y caminaba muy agitada.

—Tenga calma, Geneviève…

—Ese es el hombre que quiso raptarme… Si no hubiera sido por ese pobre señor Lenormand, yo hubiera estado perdida… Veamos, usted debe saber, usted que lo sabe todo.

—Entonces, ¿su verdadero nombre cuál es?

—Ribeira.

—¿Está usted segura?

—De nada vale que cambie su fisonomía, su acento y sus maneras… Yo lo descubrí enseguida por el horror que me inspira. Pero no dije nada… hasta que usted regresara.

—¿Tampoco le dijo usted nada a la señora Kesselbach?

—Nada tampoco. Ella parecía tan feliz de encontrar a un amigo de su marido… Pero usted sí le hablará, ¿no es así? Usted la defenderá… Yo no sé lo que él prepara contra ella, contra mí… Ahora que el señor Lenormand ya no está aquí para protegernos, él no teme a nada, actúa como amo y señor… ¿Quién podría desenmascararlo?

—Yo. Yo respondo de todo. Pero no diga ni una palabra a nadie.

Habían llegado frente a la portería.

La puerta se abrió.

El príncipe dijo aún:

—Adiós, Geneviève, y, sobre todo, esté usted tranquila. Yo estoy aquí.

El príncipe cerró la puerta, se volvió y enseguida hizo un ligero movimiento de retroceso.

Frente a él se hallaba con la cabeza erguida, los anchos hombros y la fuerte mandíbula, el hombre del monóculo, el barón Altenheim.

Se miraron durante unos segundos en silencio. Luego el barón sonrió.

Dijo:

—Te esperaba, Lupin.

No obstante el dominio que poseía sobre sí mismo, Sernine se estremeció. Venía para desenmascarar a su adversario y era su adversario quien lo desenmascaraba a él al primer golpe. Y al propio tiempo ese adversario se presentaba a la lucha audazmente, descaradamente, cual si estuviera seguro de la victoria. El gesto era fanfarrón y demostraba una dura fuerza.

Los dos hombres se midieron con la mirada, violentamente hostiles.

—Y ahora, ¿qué? —dijo Sernine.

—¿Ahora qué? ¿No crees acaso que tenemos necesidad de vernos?

—¿Por qué?

—Tengo que hablarte.

—¿Qué día quieres que nos veamos?

—Mañana almorzaremos juntos en el restaurante.

—¿Por qué no en tu casa?

—Tú no sabes mi dirección.

—Sí.

Y el príncipe se apoderó rápidamente de un periódico que sobresalía del bolsillo de Altenheim… un periódico que aún tenía puesta la faja de envío y en la que decía: «29, Villa Dupont».

—Buena jugada —dijo el otro—. Entonces, mañana en mi casa.

—Hasta mañana en tu casa. ¿A qué hora?

—A la una de la tarde.

—Allí estaré. Mis respetos.

Iban ya a separarse cuando Altenheim se detuvo y dijo:

—¡Ah! Una palabra todavía, príncipe. Lleva tus armas.

—¿Por qué?

—Yo tengo cuatro criados y tú estarás solo.

—Tengo mis puños —replicó Sernine—. La partida estará igualada.

Le volvió la espalda y luego, llamándole de nuevo, le dijo:

—¡Ah! Una palabra todavía, barón. Contrata otros cuatro criados.

—¿Por qué?

—Lo he pensado. Yo iré con mi látigo.

II

A la una en punto, un jinete penetraba por la puerta de la Villa Dupont, pacífica mansión provinciana cuya única salida da a la calle Pergolèse, a dos pasos de la avenida del Bosque.

La bordean jardines y bellos hoteles. Y al extremo está cerrada por una especie de pequeño parque donde se alza una mansión grande y antigua, a cuya orilla pasa la vía del ferrocarril de circunvalación.

Era allí, en el número 29, donde vivía el barón Altenheim.

Sernine le arrojó las bridas de su caballo a un lacayo al que había enviado allí antes y le dijo:

—Volverás a traérmelo a las dos y media.

—Llamó a la puerta del jardín, y cuando esta fue abierta se dirigió hacia la escalinata, donde le esperaban dos hombres corpulentos vestidos con librea, que lo hicieron pasar a un inmenso vestíbulo de piedra, frío y sin el menor ornamento. La puerta se cerró tras él con pesado ruido, y aunque era mucho su valor indomable, no pudo menos de experimentar una desagradable impresión por sentirse solo, rodeado de enemigos y en aquella cárcel aislada.

—Anuncien ustedes al príncipe Sernine —les dijo.

El salón estaba contiguo y le hicieron entrar allí inmediatamente.

—¡Ah! Aquí está, mi querido príncipe —dijo el barón, viniendo a su encuentro—. Pues bien… imagínese usted… Dominique, el almuerzo dentro de veinte minutos… De aquí a entonces que nos dejen solos… Imagínese usted, mi querido príncipe, que yo empezaba a dudar que usted me visitara.

—¡Ah! ¿Por qué?

—¡Caramba! Su declaración de guerra esta mañana es tan clara, que toda entrevista resulta inútil.

—¿Mi declaración de guerra?

El barón desplegó un número del *Grand Journal* y señaló con el dedo una gacetilla titulada «Comunicado». La gacetilla decía:

La desaparición del señor Lenormand no ha dejado de emocionar a Arsène Lupin. Después de una rápida investigación, y como continuación a su proyecto de esclarecer el asunto Kesselbach, Arsène Lupin ha resuelto encontrar al señor Lenormand «vivo o muerto», así como también entregar a la justicia al autor o autores de esta abominable serie de fechorías.

—¿Es, en efecto, suyo este comunicado, mi querido príncipe?

—Sí, es mío, efectivamente.

—En consecuencia, yo tenía razón, es la guerra.

—Sí.

Altenheim hizo sentar a Sernine, se sentó él a su vez y le dijo en tono conciliador.

—Pues bien, no. Yo no puedo admitir eso. Es imposible que dos hombres como nosotros se combatan y se lastimen. Lo único que hay es explicarse, buscar los medios; nosotros estamos hechos para entendernos.

—Yo creo, por el contrario, que dos hombres como nosotros no están hechos para entenderse.

El otro dominó un gesto de impaciencia y continuó:

—Escucha, Lupin… Y a propósito, ¿quieres que te llame Lupin?

—Y yo, ¿cómo te llamaré? ¿Altenheim, Ribeira o Parbury?…

—¡Oh! Ya veo que estás más documentado de lo que yo creía. ¡Diablos!, eres temible… Razón de más para que nos pongamos de acuerdo.

E inclinándose sobre él, añadió:

—Escucha, Lupin. Escucha bien mis palabras. No hay

ni una sola cosa que yo no haya pesado y madurado. He aquí... Nosotros somos fuertes los dos... ¿Te sonríes? Es un error... Es posible que tú tengas recursos que yo no tenga, pero yo tengo otros que tú ignoras. Y además, como ya sabes, no tengo muchos escrúpulos... poseo destreza... y una capacidad para cambiar de personalidad que un maestro como tú debe apreciar. En resumen, los dos adversarios valen uno tanto como otro. Pero queda una pregunta: ¿por qué somos adversarios? Nosotros perseguimos el mismo objetivo, dirás tú. ¿Y qué? ¿Sabes tú lo que resultará de nuestra rivalidad? Pues que cada uno de nosotros paralizará los esfuerzos y destruirá la obra del otro, y que los dos malograremos el objetivo. ¿En beneficio de quién? De un Lenormand cualquiera, de un tercer ladrón... Es demasiado estúpido.

—Es demasiado estúpido, en efecto —confesó Sernine—, pero no queda más que un recurso.

—¿Cuál?

—Retírate tú.

—No bromees. Esto es serio. La proposición que voy a hacerte es de las que no se rechazan sin examinarla. En resumen, dicho en dos palabras, es esto: asociémonos.

—¡Oh, oh!

—Bien entendido, quedaremos libres, cada uno por su parte, para todo cuanto nos concierne. Pero para el asunto en cuestión pondremos nuestros esfuerzos en común. ¿Estás de acuerdo? Mano sobre mano y a medias.

—¿Y qué es lo que tú aportas?

—¿Yo?

—Sí. Tú sabes lo que yo valgo; yo ya tengo hechas mis pruebas. En la unión que tú me propones tú sabes, por así decir, la cifra de mi dote... Y ahora, ¿cuál es la tuya?

—Steinweg.

—Eso es poco.

—Es enorme. Por Steinweg nosotros averiguaremos la verdad sobre Pierre Leduc. Por Steinweg nosotros sabremos en qué consiste el famoso proyecto de Kesselbach.

Sernine rompió a reír.

—¿Y tú necesitas de mí para eso?

—¿Cómo?

—Veamos, hijo mío, tu oferta es pueril. Desde el momento en que Steinweg está en tus manos, si tú deseas mi colaboración es porque no has conseguido hacerlo hablar. De no ser así, no necesitarías de mis servicios.

—Entonces, ¿pues?

—Entonces, rechazo tu oferta.

Los dos hombres se irguieron de nuevo implacables y violentos.

—Yo la rechazo —volvió a decir Sernine—. Lupin no tiene necesidad de nadie para actuar. Soy de esos que actúan solos. Si tú fueras mi igual conforme pretendes, jamás se te hubiera ocurrido la idea de una asociación. Cuando se tiene la talla de un jefe, se manda. El unirse sería obedecer, y yo no obedezco.

—¿Te niegas?… ¿Te niegas?… —repitió Altenheim, pálido por el ultraje.

—Lo más que puedo hacer por ti, hijo mío, es ofrecerte un lugar en mi banda. De simple soldado para empezar. Bajo mis órdenes verás cómo un general gana una batalla… y cómo se embolsa el botín, él solito y solo para él. ¿Te interesa, pipiolo?

Altenheim rechinaba los dientes fuera de sí. Masculló:

—Haces mal, Lupin… haces mal. Yo tampoco tengo necesidad de nadie, y ese asunto no me turba más que un montón de otros que yo he llevado hasta el final… Lo que yo decía era llegar más pronto al objetivo y sin molestarse.

—A mí no me molestas —dijo Lupin con desdén.

—¡Vamos! Si no nos asociamos solamente triunfará uno.

—Eso me basta.

—Y no triunfará hasta haber pasado sobre el cadáver del otro. ¿Estás dispuesto a esa clase de duelo, Lupin?... ¿Un duelo a muerte, comprendes, Lupin?... La cuchillada es un medio que tú desprecias, pero ¿y si tú la recibes, Lupin, en plena garganta?...

—¡Ah, ah! A fin de cuentas, ¿es eso lo que tú me propones?

—No, a mí no me gusta mucho la sangre... Mira mis puños... yo golpeo... tengo golpes míos... Pero el otro mata... recuérdalo... la pequeña herida en la garganta... ¡Ah! De ese, cuídate, Lupin... Es terrible e implacable... Nada lo detiene.

Pronunció estas palabras en voz baja y con tal emoción que Sernine se estremeció ante el recuerdo abominable del Desconocido.

—Barón —dijo Lupin con sorna—. Se diría que tienes miedo de tu cómplice.

—Tengo miedo por los demás, por los que nos cierran el camino, por ti, Lupin. Acepta o estás perdido. Yo mismo, si es preciso, actuaré. El objetivo está demasiado cercano... ya lo toco... Hazlo, Lupin.

Aparecía todo poderoso de energía y de voluntad exasperada, y tan brutal que se hubiera dicho que estaba presto a golpear al enemigo fulminantemente.

Sernine se encogió de hombros.

—¡Dios mío! —dijo bostezando—. ¡Qué hambre tengo! Qué tarde coméis en tu casa.

La puerta se abrió.

—¡El almuerzo está servido! —anunció el mayordomo.

—¡Ah! He ahí una noticia agradable.

En el umbral de la puerta, Altenheim lo agarró del brazo, y sin preocuparse de la presencia del criado le dijo:

—Un buen consejo: acepta. La hora es grave... Y te juro que vale más eso... vale más eso... Acepta...

—¡Caviar! —exclamó Sernine—. ¡Ah! Cuánta gentileza... Te has acordado que tenías invitado a un príncipe ruso.

Se sentaron uno frente al otro, y el lebrel del barón, un animal de largo pelo plateado, se colocó entre ellos.

—Le presento a usted a *Sirius*, mi más fiel amigo.

—Un compatriota —contestó Sernine—. Jamás olvidaré aquel que tuvo a bien regalarme el zar cuando tuve el honor de salvarle la vida.

—¡Ah! ¿Usted tuvo el honor?... ¿Un complot terrorista, sin duda?...

—Sí, un complot que yo había organizado. Imagínese usted que ese perro, que se llamaba *Sebastopol*...

El almuerzo prosiguió alegremente. Altenheim había recobrado el buen humor y los dos hombres hicieron gala del más elevado espíritu y cortesía. Sernine contó anécdotas a las cuales el barón replicó con otras... relatos de caza, de deportes, de viajes donde eran evocados a cada instante los más antiguos nombres de Europa, los grandes de España, lores ingleses, magiares húngaros y archiduques austríacos.

—¡Ah! —exclamó Sernine—. ¡Qué hermoso oficio el nuestro! Nos pone en relación con todo cuanto hay de bueno sobre la tierra. Toma, *Sirius* un poco de esta ave trufada.

El perro no le quitaba ojo de encima engullendo de un bocado todo cuanto Sernine le daba.

—¿Una copa de Chambertin, príncipe?

—Con mucho gusto, barón.

—Se lo recomiendo. Viene de las bodegas del rey Leopoldo.

—¿Un regalo?

—Sí, un regalo que yo mismo me he hecho.

—Es delicioso… ¡Qué fragancia! Con esta pasta de hígado… Es un hallazgo. Mis felicitaciones, barón, su cocinero es de primer orden.

—Ese cocinero es una cocinera, príncipe. Yo se la quité a precio de oro a Levraud, el diputado socialista. Y ahora pruebe este helado de cacao. Y llamo la atención sobre los pasteles secos que lo acompañan. Un invento del genio son estos pasteles.

—Son de forma encantadora, en todo caso —dijo Sernine, sirviéndose—. Si la carne responde a la pluma… Toma, *Sirius*, debes adorar esto. Locuste no lo hubiera hecho mejor.

Rápidamente había tomado uno de los pasteles y se lo había dado al perro. Este lo tragó de un bocado, se quedó unos segundos inmóvil, como atontado, luego se volvió sobre sí mismo y cayó fulminado.

Sernine se había echado para atrás para no ser sorprendido traicioneramente por un criado, y rompiendo a reír dijo:

—Escucha, barón, cuando quieras envenenar a uno de tus amigos procura que tu voz se conserve tranquila y que tus manos no tiemblen… De no ser así provocarás la desconfianza… Pero yo creía que a ti te repugnaba el asesinato…

—Con cuchillo sí —dijo Altenheim sin turbarse—. Pero siempre he sentido deseos de envenenar a alguien. Quería saber qué gusto tenía eso.

—¡Caray, amigo mío! ¡Escoges bien tus víctimas! ¡Un príncipe ruso!

Se acercó a Altenheim y le dijo en tono confidencial:

—¿Sabes lo que hubiera ocurrido si hubieras tenido éxito… es decir, si mis amigos no me hubieran visto regresar a las tres lo más tarde? Pues bien, a las tres y media el prefecto de policía ya hubiera sabido exactamente a qué atenerse en lo referente al barón Altenheim, y dicho barón hubiera sido apresado antes del fin del día y encerrado en la prisión central.

—¡Bah! —respondió Altenheim—. De la prisión se escapa uno… en tanto que nunca se regresa del reino adonde yo te enviaba.

—Evidentemente, pero ante todo hubiera sido preciso enviarme, y eso no es fácil.

—Bastaba un bocado de uno de esos pasteles.

—¿Estás seguro?

—Prueba.

—Decididamente, hijo mío, no tienes todavía la pasta de un gran maestro de la aventura, y, sin duda, no la tendrás nunca, puesto que me tiendes celadas de esta clase. Cuando uno se cree digno de llevar la vida que nosotros tenemos el honor de llevar, se debe también ser capaz de estar dispuesto a todas las eventualidades… incluso a no morir si un canalla cualquiera intenta envenenarlo a uno… Un alma intrépida en un cuerpo inatacable, de ahí el ideal que es preciso proponerse… y alcanzar. Trabaja, hijo mío. Yo soy intrépido e inatacable. Recuerda al rey Mitrídate…

Y volvieron a sentarse. Sernine dijo:

—¡A la mesa ahora! Pero como yo debo demostrar las virtudes que me atribuyo, y como, por otra parte, no quiero causarle disgusto a tu cocinera, dame, pues, ese plato de pasteles.

Tomó uno, lo partió en dos y le tendió una de las mitades al barón, diciéndole:

—¡Cómelo!

El otro hizo un gesto de repudio.

—¡Miedoso! —dijo Sernine.

Y ante la mirada de pasmo del barón y de sus acólitos se puso a comer la primera y luego la segunda mitad del pastel, tranquilamente, a conciencia, cual se come una golosina de la que se sentiría pena en perder hasta la más pequeña migaja.

III

Volvieron a verse.

Aquella misma noche, el príncipe Sernine invitó al barón al cabaré Vatel y cenaron con un poeta, un músico, un financiero y dos hermosas actrices teatrales pertenecientes al Teatro Francés.

Al día siguiente almorzaron juntos en el Bois de Boulogne, y por la noche volvieron a encontrarse en la Ópera.

Y cada día, durante una semana, se vieron de nuevo.

Se hubiera dicho que no podían prescindir el uno del otro y que les unía una gran amistad, hecha de confianza, de estimación y de simpatía mutuas.

Se divertían mucho, bebían buenos vinos, fumaban excelentes cigarros y reían como locos.

Pero, en realidad, se expiaban ferozmente. Enemigos mortales, separados por un odio salvaje, cada uno de ellos seguro de vencer y queriéndolo así con una voluntad sin freno esperaban el momento propicio, Altenheim para suprimir a Sernine, y Sernine para precipitar a Altenheim en el abismo que estaba abriendo delante de él. Ambos sabían que el desenlace no podía tardar. El uno o el otro dejaría su piel, y eso era una cuestión de horas, de días cuando más. Drama apasionante del cual un hombre como Sernine debía saborear el extraño y fuerte sabor. Conocer a su adversario y vivir a su lado, saber que al menor paso, al menor descuido, es la muerte lo que acecha, ¡qué voluptuosidad!

Un día, en el jardín del círculo de la calle Cambon, del cual Altenheim formaba también parte, estaban los dos solos a esa hora del crepúsculo en que en el mes de junio se comienza a cenar, y en que los jugadores nocturnos no están todavía presentes. Se paseaban por la pradera a lo largo de la cual había, bordeado de macizos, un muro perforado por una pequeña puerta. Y de pronto, mientras Altenheim hablaba, Sernine tuvo la impresión de que su voz se hacía cada vez menos firme y estaba casi temblorosa. Por el rabillo del ojo lo observó. La mano de Altenheim estaba oculta en el bolsillo de su americana, y Sernine vio, a través de la tela, que aquella mano se crispaba empuñando un puñal, titubeante, indecisa, tan pronto resuelta como sin fuerzas.

¡Momento delicioso aquel! ¿Iba a golpear? ¿Quién triunfaría? ¿El instinto miedoso que no se atreve o la voluntad consciente, tensa hacia el acto de matar?

Con el torso erguido, los brazos a la espalda, Sernine esperaba con estremecimiento de angustia y de placer. El barón se había callado y en silencio caminaban los dos lado a lado.

—¡Golpea de una vez! —exclamó el príncipe.

Se había detenido, y vuelto hacia su compañero agregó:

—¡Golpea! ¡Ahora o nunca! Nadie puede verte. Te escaparás por esa pequeña puerta cuya llave se encuentra, por casualidad, colgada en la pared, y adiós, barón, ni visto ni conocido por nadie... Pero yo pienso que todo esto estaba combinado de antemano... Eres tú quien me ha traído hacia aquí... ¿Y dudas? Pero golpea...

Lo miraba al fondo de los ojos. El otro estaba lívido y todo tembloroso de energía impotente.

—¡Gallina mojada! —le dijo Sernine con sarcasmo—. Nunca lograré hacer nada de ti. ¿Quieres que te diga la verdad? Pues bien, es que te doy miedo. Pero tú… tú nunca estás muy seguro de lo que va a ocurrirte cuando te encuentras frente a mí. Eres tú quien quiere actuar, pero son mis actos, mis actos posibles, los que dominan la situación. No, decididamente, tú no eres todavía el hombre que hará palidecer mi estrella.

No había terminado de decir estas palabras cuando se sintió agarrado por el cuello y derribado a tierra. Alguien oculto en el macizo lo había agarrado por la cabeza. Vio un brazo que se alzaba en el aire armado de un cuchillo cuya hoja resplandecía. El brazo cayó y la punta del cuchillo le alcanzó en plena garganta.

En ese momento, Altenheim saltó sobre él para rematarlo, y rodaron sobre las platabandas. Fue cuestión de veinte a treinta segundos, cuando más. Por fuerte que fuese, por entrenado que estuviera en los ejercicios de lucha, Altenheim cedió casi inmediatamente lanzando un grito de dolor. Sernine se levantó y corrió hacia la pequeña puerta que acababa de cerrarse detrás de una sombra que huía por ella. ¡Demasiado tarde! Oyó el ruido de la llave en la cerradura por el otro lado. Ya no pudo abrir.

—¡Ah, bandido! —clamó—. El día que te agarre, ese será el día de mi primer crimen. Pero, por Dios…

Regresó sobre sus pasos, se agachó y recogió los pedazos del puñal que se había roto al golpearlo.

Altenheim comenzaba a moverse. Le dijo:

—Bien, barón, ¿ya te sientes mejor? No conocías ese golpe, ¿verdad? Es un golpe que yo llamo directo al plexo solar, es decir, que te despabila el sol vital como se despabila una vela… es limpio, rápido, sin dolor… e infalible. Pero ¿un golpe de puñal?… ¡Bah! No hay más que llevar puesta una gargantilla de mallas de acero, como yo mismo llevo, y uno se ríe de todo el mundo, sobre todo de tu pequeño camarada negro, puesto que siempre golpea a la garganta

ese monstruo idiota. Escucha, mira su juguete favorito...
Aquí lo tienes destrozado.

Y le tendió la mano.

—Vamos, levántate, barón. Te invito a cenar. Y, por favor, acuérdate del secreto de mi superioridad: un alma intrépida en un cuerpo inatacable.

Regresó a los salones del círculo, mandó reservar una mesa para dos personas, se sentó sobre un diván y esperó la hora de cenar, pensando así:

«Evidentemente, la partida es divertida, pero ya se está haciendo peligrosa. Hay que acabar esto... Si no, esos animales me enviarán al paraíso antes de lo que yo quiero... Lo fastidioso es que yo no puedo hacer nada contra ellos antes de haber encontrado al viejo Steinweg... Porque, en el fondo, no hay nada más que eso de interesante, el viejo Steinweg, y si yo me pego al barón es solo para ver de recoger algún indicio cualquiera... ¿Qué diablos habrán hecho con él? Está fuera de duda que Altenheim se halla en comunicación diaria con él, como también lo está que intenta lo imposible para arrancarle información sobre el proyecto de Kesselbach. Pero ¿dónde lo ve? ¿Dónde lo ha ocultado? ¿En casa de amigos? ¿En su propia casa en el veintinueve, Villa Dupont?».

Reflexionó durante bastante tiempo y luego encendió un cigarrillo, al que dio tres chupadas y lo tiró. Este ademán debió de ser una señal, pues inmediatamente dos jóvenes vinieron a sentarse a su lado, a quienes él parecía no conocer en absoluto, pero con los cuales charló furtivamente.

Eran los hermanos Doudeville convertidos en caballeros mundanos ese día.

—¿Qué hay, jefe?

—Tomad a seis de nuestros hombres, id al veintinueve, Villa Dupont y entrad.

—¡Caray! ¿Y cómo?

—En nombre de la Ley. ¿Acaso no sois inspectores de Seguridad? Vais a hacer un registro.

—Pero no tenemos derecho a eso…

—Os lo tomáis por vuestra cuenta.

—¿Y los criados? ¿Si se resisten?…

—No son más que cuatro.

—¿Y si gritan?

—No gritarán.

—¿Y si regresa Altenheim?

—No regresará antes de las diez, yo me encargo de eso. Así pues, disponéis de dos horas y media. Es más de lo que necesitáis para registrar la casa de arriba abajo. Si encontráis allí al viejo Steinweg, venid a avisarme.

El barón Altenheim se acercaba y Sernine salió a su encuentro.

—Cenamos, ¿verdad? El pequeño incidente del jardín me ha vaciado el estómago. Y a propósito de eso, mi querido barón, yo tengo algunos consejos que darte…

Se sentaron a la mesa.

Después de la cena, Sernine le propuso una partida de billar que fue aceptada. Luego, terminada la partida de billar, pasaron a la sala de bacará. El crupier estaba precisamente anunciando:

—La banca es de cincuenta luises. ¿Alguien quiere?

—Cien luises —dijo Altenheim.

Sernine miró su reloj. Eran las diez. Los Doudeville no habían regresado. Por tanto, el registro continuaba infructuoso.

—Banco —dijo Sernine.

Altenheim se sentó y repartió las cartas.

—Doy.

—No.

—Siete.

—Seis.

—Perdí —dijo Sernine—. ¿Banco por el doble?

—Sea —contestó el barón.

Distribuyó las cartas.

—Ocho —dijo Sernine.

—Nueve —anunció el barón.

Sernine se volvió sobre sus talones, murmurando:

«Esto me cuesta trescientos luises, pero estoy tranquilo. Ahí está clavado a la mesa.»

Unos instantes después, su coche le dejaba delante del 29, villa Dupont, y enseguida encontró a los Doudeville y a sus hombres reunidos en el vestíbulo.

—¿Habéis desenterrado al viejo? —les preguntó.

—No.

—¡Rayos y truenos! Pues tiene que estar en alguna parte. ¿Dónde están los criados?

—Allá en el cuarto de servicio. Están atados.

—Bien, prefiero no ser visto. Marchaos todos. Jean, tú quédate abajo al acecho. Y tú, Jacques, enséñame la casa.

Rápidamente recorrió la bodega y el desván. Puede decirse que no se detenía ni un momento, sabiendo de antemano que no descubriría en unos minutos lo que sus hombres no habían podido descubrir en tres horas. Pero registraba fielmente en su memoria la forma, situación y enlace de las habitaciones.

Cuando hubo acabado, volvió a una habitación que Doudeville le había indicado ser la de Altenheim y la examinó con atención.

—Esto es lo que me vendrá como anillo al dedo —dijo, levantando una cortina que ocultaba un gabinete oscuro lleno de ropa—. Desde aquí veo toda la habitación.

—¿Y si el barón registra toda la casa?

—¿Por qué?

—Porque sabrá por sus criados que hemos venido…

—Sí, pero no se imaginará que uno de nosotros se ha

instalado en su casa. Se dirá que el intento fracasó y eso es todo. Por consiguiente, me quedo.

—¿Y cómo saldrá de aquí?

—¡Ah! Me preguntas demasiado. Lo esencial era entrar. Vete, Doudeville, y cierra las puertas. Reúnete con tu hermano y largaos… Hasta mañana… o más bien…

—O más bien, ¿qué?…

—No os preocupéis por mí. Ya os haré seña en el momento oportuno.

Se sentó sobre una pequeña caja colocada en el fondo de un armario. Lo protegía una cuádruple fila de trajes alineados. Salvo en caso de investigación, evidentemente estaba allí bien seguro.

Transcurrieron diez minutos. Oyó el trote sordo de un caballo por el lado de la residencia y el ruido de un cascabel. Un coche se detuvo, sonó la puerta de abajo y casi inmediatamente percibió ruido de voces, de exclamaciones… un rumor que se acentuaba a medida, probablemente, que cada uno de los cautivos era libertado de su mordaza.

«Es explicable —pensaba él—. La rabia del barón debe de llegar al colmo… Comprende ahora la razón de mi conducta esta noche en el círculo y que se la jugué limpiamente… Bueno, eso de que se la jugué depende, porque, en fin, Steinweg se me escapa siempre… Lo primero de que se ocupará es de comprobar si se llevaron a Steinweg. Y para saberlo correrá al escondrijo donde lo tiene oculto. Si sube, es que el escondrijo está arriba. Si baja, es que está en el sótano.»

Escuchó. El ruido de voces continuaba en las habitaciones de la planta baja, pero no parecía en modo alguno que las personas que estaban allí se movieran. Altenheim debía de estar interrogando a sus acólitos. No fue sino después de media hora cuando Sernine escuchó pasos que subían la escalera.

«¿Será entonces arriba? —se dijo—. Pero ¿por qué han tardado tanto?»

—Que todo el mundo se acueste —dijo la voz de Altenheim.

El barón entró en su habitación con uno de sus hombres y cerró la puerta.

—Y yo también voy a acostarme, Dominique. Aunque discutiéramos toda la noche, no adelantaríamos nada.

—Mi opinión —dijo el otro— es que han venido para buscar a Steinweg.

—Y esa es mi opinión también, y por eso me río, en el fondo, pues Steinweg no está aquí.

—Pero, en fin, ¿dónde está? ¿Qué ha podido usted hacer de él?

—Ese es mi secreto, y tú sabes que mis secretos me los guardó para mí. Todo lo que puedo decirte es que la cárcel donde está es buena y que solo saldrá de allí después de haber hablado.

—Entonces, ¿el príncipe se fue con el morral vacío?

—Ya lo creo. Y además tuvo que pagar caro para llegar a ese resultado. En verdad, ¡cómo me divierto!… ¡Infortunado príncipe!…

—No importa —dijo el otro—. De todos modos habrá que deshacerse de él.

—Tranquilízate, querido, eso no tardará. Antes de ocho días, te obsequiaré con una cartera de honor fabricada con la piel de Lupin. Y ahora déjame acostarme, me caigo de sueño.

El ruido de una puerta que se cierra. Luego, Sernine oyó que el barón corría el cerrojo, se vaciaba los bolsillos, daba cuerda a su reloj y se desnudaba.

Estaba alegre, silbaba y canturreaba, hablando, incluso, en voz alta:

—Sí, hecha con la piel de Lupin… y antes de ocho

días... antes de cuatro días... de no ser así, será él quien nos devorará, ese maldito... Sin embargo, calculaba bien... Steinweg no puede estar sino aquí... Solamente que...

Se metió en la cama y seguidamente apagó la luz eléctrica.

Sernine había avanzado hasta la cortina, levantó esta ligeramente y divisó la vaga luz de la noche que se filtraba por las ventanas, dejando el lecho en una oscuridad profunda.

«Decididamente, yo soy el tonto —se dijo—. Me he metido en el pozo hasta el cuello. Apenas ronque me largo...»

Pero un ruido ahogado le sorprendió; un ruido cuya naturaleza no era capaz de definir y que procedía de la cama. Era como un rechinamiento que, por lo demás, resultaba apenas, perceptible.

—Y bien, Steinweg, ¿en qué estamos?

Era el barón quien hablaba. No había duda alguna que era él, pero ¿cómo podía ser que le hablase a Steinweg, puesto que este no se encontraba en la habitación? Y Altenheim prosiguió:

—¿Continúas siendo tan intratable?... ¿Sí?... ¡Imbécil! Será preciso que te decidas a contar lo que tú sabes... ¿No?... Entonces, buenas noches y hasta mañana...

«Yo sueño... yo sueño —se dijo Sernine—. O bien es él quien sueña en voz alta. Veamos, Steinweg no está a su lado, no está en la habitación vecina... ni siquiera está en la casa. Altenheim lo ha dicho... Entonces, ¿qué es toda esta historia desconcertante?»

Dudó. ¿Saltaría sobre el barón y le agarraría por la garganta para obtener de él por la fuerza y bajo la amenaza lo que no había podido obtener por la astucia? Era absurdo. Altenheim no se dejaría jamás intimidar.

«Bueno, me voy —murmuró—. Me conformaré con haber perdido esta noche.»

Pero no se fue. Sintió que le era imposible marcharse, que debía esperar, que la casualidad podía aún ayudarle.

Con enormes precauciones descolgó cuatro o cinco trajes y levitas, los extendió sobre el suelo del armario, se acomodó y, con la espalda apoyada contra la pared se durmió con el sueño más tranquilo del mundo.

El barón no madrugó. En alguna parte sonaron las campanadas de un reloj que daba las nueve, cuando saltó de la cama y llamó a su criado.

Leyó el correo que el criado le había traído, se vistió sin decir una palabra y se puso a escribir cartas, mientras el criado colgaba cuidadosamente en el armario la ropa de la víspera, y Sernine, con los puños prestos al combate, se decía:

«¡Vamos! ¿Va a ser preciso que yo le hunda el plexo solar a este individuo?».

A las diez el barón le ordenó al criado:

—Vete.

—Queda todavía este chaleco...

—Vete, te he dicho. Volverás cuando yo te llame, no antes.

Él mismo cerró la puerta detrás del criado, esperó como hombre que no tiene confianza en los demás y luego se acercó a una mesa sobre la cual había un aparato telefónico. Descolgó el auricular, y dijo:

—Oiga, señorita, le ruego que me comunique con Garches... Sí, eso es... me llamará usted...

Permaneció cerca del aparato.

Sernine temblaba de impaciencia. ¿Se comunicaría el barón con su misterioso compañero de crimen?

Sonó el timbre del teléfono.

—Diga —contestó Altenheim—. ¡Ah!, es Garches... magnífico. Señorita, quisiera el número treinta y ocho... Sí, el treinta y ocho. Dos veces cuatro...

Al cabo de unos segundos, hablando con voz más baja… tan baja y clara como le era posible, dijo:

—¿El número treinta y ocho?… Soy yo… nada de palabras inútiles… ¿Ayer? Sí, tú fallaste, en el jardín… Otra vez será, evidentemente… pero ya corre prisa… Mandó registrar la casa por la noche… ya te contaré… No encontró nada, bien entendido… ¿Qué?… ¿Hola?… No, el viejo Steinweg se niega a hablar… ni las amenazas ni las promesas sirven con él… ¡Hola!… Pues claro que sí, maldita sea… Él sabe que nosotros no podemos hacer nada… No conocemos el proyecto de Kesselbach y la historia de Pierre Leduc más que en parte… Solo él tiene la clave del enigma… ¡Oh! Ya hablará… de eso respondo yo… y esta misma noche… de no ser así… Y qué quieres, todo antes de dejarle escapar. ¿Quieres que el príncipe nos lo birle? ¡Oh a ese hay que darle su merecido antes de tres días!… ¿Tienes una idea?… En efecto… la idea es buena. ¡Oh, oh! Excelente… ya voy a ocuparme de eso… ¿Cuándo nos vemos? ¿El martes, quieres? Está bien. Yo iré el martes… a las dos…

Colocó el auricular en su sitio y salió. Sernine le oyó dando órdenes.

—Cuidado ahora, ¿eh? No os dejéis sorprender estúpidamente como ayer. Yo no regresaré antes de la noche.

La pesada puerta del vestíbulo se cerró y luego se oyó el chasquido de la verja del jardín y el cascabel de un caballo que se alejaba.

Pasados veinte minutos entraron dos criados, que abrieron las ventanas y arreglaron la habitación.

Cuando se marcharon, Sernine esperó todavía bastante tiempo hasta que pensó era la hora de que los criados almorzaran. Entonces, suponiéndolos a la mesa en la cocina, se deslizó fuera del armario y se puso a inspeccionar la cama y el muro al cual aquella estaba adosada.

«Es extraño —se dijo—. Verdaderamente extraño… No hay aquí nada de particular. La cama no tiene ningún doble fondo… Y debajo no hay trampa alguna Veamos la habitación vecina.»

Calladamente pasó al otro cuarto. Estaba vacío, sin ningún mueble.

«No es aquí donde esconde al viejo… ¿Metido en la pared? Imposible, es más bien un tabique demasiado delgado. ¡Caray! No comprendo nada.»

Centímetro a centímetro inspeccionó el suelo, la pared y la cama, perdiendo el tiempo en experimentos inútiles. Decididamente allí había algún truco, quizá muy sencillo, pero que, por el momento, él no era capaz de desentrañar.

Se dijo:

«A menos que Altenheim no haya en realidad delirado… Es la única suposición aceptable. Y para comprobarla, no tengo más que un medio: quedarme aquí. Y me quedo. Ocurra lo que ocurra.»

Por temor a ser sorprendido, volvió a meterse en su escondrijo y no se movió más discurriendo y dormitando, atormentado por un hambre tremenda.

Transcurrió el día. Llegó la oscuridad.

Altenheim regresó solamente a medianoche. Subió a su habitación, esta vez solo, se desnudó, se acostó, e inmediatamente, como la víspera, apagó la luz eléctrica.

La misma espera ansiosa. El mismo pequeño refinamiento inexplicable. Y con su misma voz burlona, Altenheim dijo:

—Entonces, ¿cómo te va, amigo?… ¿Insultos?… No, no, amigo mío, eso no es en absoluto lo que yo quiero de ti. Vas por mal camino. Lo que necesito son unas buenas confidencias, muy completas, bien detalladas, concernientes a todo cuanto le revelaste a Kesselbach… La historia de Pierre Leduc, etcétera… ¿Está claro?…

Sernine escuchaba estupefacto. Esta vez ya no había lugar a dudas: el barón le estaba hablando realmente al viejo Steinweg. Era un coloquio impresionante. Le parecía sorprender el diálogo misterioso entre un vivo y un muerto, una conversación con un ser innombrable, que respiraba en otro mundo, un ser invisible, impalpable, inexistente.

El barón, irónico y cruel, continuó:

—¿Tienes hambre? Come, viejo, come. Solamente que debes recordar que te he dado de una vez todo el suministro de pan y que royéndolo a razón de unas migas cada veinticuatro horas, tienes, a lo sumo, para una semana… Pongamos para diez días. Y dentro de diez días, ¡zas!, ya no habrá Steinweg. A menos hayas aceptado hablar. ¿No? Ya veremos mañana… Duerme, viejo.

Al día siguiente a la una de la tarde, después de una noche y una mañana sin incidentes, el príncipe Sernine salió tranquilamente de la villa Dupont.

Con la cabeza débil, las piernas reblandecidas, mientras se dirigía al restaurante más próximo iba resumiendo así la situación:

«Así pues, el martes próximo, Altenheim y el asesino del hotel Palace tienen una cita en Garches, en una casa cuyo teléfono tiene el número treinta y ocho. Será, pues, el martes cuando entregaré a los dos culpables y libertaré al señor Lenormand. Y esa misma noche le tocará la vez al viejo Steinweg, y entonces, al fin, sabré si Pierre Leduc es o no el hijo de un salchichero, y si puedo dignamente convertirle en marido de Geneviève. ¡Así sea!».

El martes por la mañana, a eso de las once, Valenglay, presidente del Consejo, llamaba a su despacho al prefecto de policía y al subjefe de Seguridad señor Weber y les mostraba una carta firmada por el príncipe Sernine, que acababa de recibir. Decía:

Señor presidente del Consejo:

Sabiendo todo el interés que usted tiene por el señor Lenormand, quiero ponerle al corriente de los hechos que la casualidad me ha revelado.

El señor Lenormand está encerrado en los sótanos de la villa Glycines, en Garches, cerca de la residencia de Retiro.

Los bandidos del hotel Palace han resuelto asesinarle hoy a las dos.

Si la policía tiene necesidad de mi ayuda, yo estaré a la una y media en el jardín de la residencia de Retiro, o en casa de la señora Kesselbach, de la cual tengo el honor de ser amigo.

Le saluda, señor presidente del Consejo, etcétera.

PRÍNCIPE SERNINE

—He aquí algo en extremo grave, mi querido señor Weber —dijo Valenglay—. Y yo añadiría que debemos tener completa confianza en las afirmaciones del príncipe Paul Sernine. He cenado varias veces con él. Es un hombre serio, inteligente…

—¿Quiere usted permitirme, señor presidente —dijo el subjefe de Seguridad—, comunicarle el contenido de otra carta que yo he recibido igualmente esta mañana?

—¿Sobre el mismo asunto?

—Sí.

—Veamos.

Tomó la carta, y leyó:

Señor:

Debo advertirle que el príncipe Paul Sernine, que se dice amigo de la señora Kesselbach, no es otro que Lupin.

Bastaría una sola prueba: Paul Sernine es el anagrama de Arsène Lupin. Son las mismas letras. No hay ni una más ni una menos.

L. M.

Y mientras Valenglay permanecía lleno de confusión, el señor Weber agregó:

—Por esta vez, nuestro amigo Lupin encuentra un adversario de su misma categoría. Mientras él lo denuncia, el otro nos lo entrega. Y aquí tenemos al zorro caído en la trampa.

—¿Y ahora?

—Ahora, señor presidente, vamos a tratar de ponerlos de acuerdo a los dos... Y para lograrlo me llevaré conmigo a doscientos hombres.

7

La levita color aceituna

I

*L*as doce y cuarto del mediodía. El príncipe está almorzando en un restaurante cerca de la Madeleine. En la mesa vecina se sientan dos jóvenes. Él los saluda y se pone a hablar con ellos como con unos amigos a quienes hubiera encontrado ocasionalmente.

—Sois de la expedición, ¿eh?

—Sí.

—¿Cuántos hombres en total?

—Seis, parece ser. Cada uno va por su lado. Cita a la una y tres cuartos con el señor Weber cerca de la residencia de Retiro.

—Bien, allí estaré.

—¿Cómo?

—¿Acaso no soy yo quien dirige la expedición? ¿Y no es preciso que sea yo quien encuentre al señor Lenormand, puesto que así lo anuncié públicamente?

—Entonces, jefe, usted cree que el señor Lenormand no está muerto.

—Estoy seguro de ello. Sí, desde ayer tengo la certidumbre de que Altenheim y su banda llevaron al señor Lenormand y a Gourel al puente de Bougival y los arrojaron al río. Gourel se fue al fondo, pero el señor Lenormand logró salvarse. Cuando el momento llegue, presentaré todas las pruebas.

—Pero, entonces, si está vivo, ¿por qué no se ha presentado?

—Porque no está libre.

—Entonces, ¿resultaría cierto lo que usted dice... que se encuentra en los sótanos de la villa Glycines?

—Tengo todas las razones para creerlo.

—Pero ¿cómo lo sabe usted?... ¿Qué indicios tiene?...

—Ese es mi secreto. Lo que yo puedo anunciaros es que el golpe de teatro será... ¿cómo diría yo?... sensacional. ¿Habéis acabado?

—Sí.

—Mi coche está detrás de la Madeleine. Reuníos conmigo allí.

En Garches, Sernine despidió su coche y caminaron juntos hasta el sendero que conducía a la escuela de Geneviève, donde se detuvieron.

—Escuchad bien, muchachos. He aquí algo que es de la mayor importancia. Vais a llamar a la residencia de Retiro. Como inspectores que sois, tenéis acceso, ¿no es así? Iréis al pabellón Hortense, el que no está ocupado. Allí bajaréis a los sótanos y encontraréis un viejo postigo, que basta levantar para dejar al descubierto la boca de un túnel que yo he descubierto en estos días y que establece una comunicación directa con la villa Glycines. Es por allí por donde Gertrude y el barón Altenheim se comunicaban. Y fue por allí por donde el señor Lenormand pasó, para, a fin de cuentas, caer entre las manos de sus enemigos.

—¿Cree usted, jefe?

—Sí, lo creo. Y ahora, ved de lo que se trata: os aseguraréis de que el túnel se encuentra exactamente en el mismo estado en que yo lo dejé la pasada noche; que las dos puertas que lo cierran permanezcan abiertas, y que continúa allí, en un agujero situado cerca de la segunda puerta, un paquete envuelto en sarga negra, que yo mismo deposité allí.

—¿Hay que deshacer el paquete?

—No hace falta. Es ropa de recambio. Id y que no os vean. Yo os espero.

Diez minutos más tarde estaban de regreso.

—Las dos puertas están abiertas —dijo Doudeville.

—¿Y el paquete de sarga negra?

—Está en su sitio cerca de la segunda puerta.

—Muy bien. Es la una y veinticinco. Weber va a desembarcar aquí con sus campeones. La villa está vigilada, cercada desde que Altenheim ha entrado. Yo me pongo de acuerdo con Weber y llamo. Vamos, el plan está en marcha y no creo que nos aburramos.

Y Sernine, después de despedirlos, se alejó por el sendero de la escuela recitando este monólogo:

«Todo marcha a las mil maravillas. La batalla va a librarse sobre este terreno escogido por mí. Necesariamente tengo que ganarla, me deshago de mis adversarios y me encuentro solo, entregado al asunto Kesselbach... solo y con dos buenos triunfos: Pierre Leduc y Steinweg... Y, además, el rey... es decir, Bibi. Solamente que hay una cuestión... ¿Qué puede hacer Altenheim? Evidentemente, él tiene también su plan de ataque. ¿Por dónde me atacará? ¿Y cómo estar seguro de que no me ha atacado ya? Es inquietante. ¿Me habrá denunciado a la policía?».

Siguió a lo largo del pequeño patio de recreo de la escuela. Las alumnas estaban en ese momento en clase. Llamó a la puerta de entrada.

—¡Hola! ¡Ya estás aquí! —dijo la señora Ernemont, abriendo—. ¿Has dejado a Geneviève en París?

—Para eso hubiera sido necesario primero que Geneviève hubiese ido a París —respondió él.

—Pero si fue... tú la mandaste ir...

—¿Qué es lo que dices? —exclamó él, agarrándola de un brazo.

—¿Cómo? Pero ¡tú lo sabes mejor que yo!...

—Yo no sé nada... yo no sé nada... ¡Habla!

—¿No le escribiste a Geneviève que fuese a encontrarse contigo en la estación de Saint Lazare?

—¿Y ella fue?

—Pues claro... Según ese recado, deberíais almorzar juntos en el Ritz...

—La carta... enséñame la carta.

La mujer subió a buscarla y cuando bajó se la entregó.

—Pero, desventurada... ¿no has visto que era falsa? La escritura está bien imitada... pero es falsa... Eso salta a la vista.

Sernine se puso los puños contra las sienes enfurecido, y dijo:

—¡Ahí está el golpe que yo me temía! ¡Ah, el miserable! Es mediante ella que me ha atacado... Pero ¿cómo lo sabe? No, él no lo sabe... Ya son dos veces que intenta la aventura... y es por medio de Geneviève, porque está enamorado de ella... ¡Oh!, eso no, jamás... Escucha, Victoria... ¿Estás segura de que ella no le ama?... ¡Oh!, estoy perdiendo la cabeza. Vamos... vamos... es preciso que yo reflexione... este no es el momento de...

Consultó su reloj.

—La una y treinta y cinco... tengo tiempo... ¡Imbécil! ¿Tiempo para hacer qué? ¿Es que acaso sé yo dónde está ella?

Iba y venía como un loco, y su vieja nodriza parecía estupefacta al verle tan agitado, tan poco dueño de sí.

—Después de todo —dijo la anciana—, nada prueba que ella no se haya olido la trampa en el último momento...

—¿Dónde podría estar ella?

—Lo ignoro... quizá en casa de la señora Kesselbach...

—Es verdad... es verdad... tienes razón —exclamó él, lleno de súbita esperanza.

Y corrió hacia la residencia de Retiro.

En el camino, ya cerca de la puerta, encontró a los hermanos Doudeville, que entraban en la garita de los porteros, desde la cual se veía la carretera, lo que les permitiría vigilar desde allí, las inmediaciones de la villa Glycines. Sin detenerse siguió derecho al pabellón de la Emperatriz, llamó a Suzanne y se hizo llevar ante la señora Kesselbach.

—¿Y Geneviève? —preguntó él.

—¿Geneviève?

—Sí. ¿No ha venido aquí?

—No, no ha venido desde hace varios días.

—Pero ella debe venir, ¿no es así?

—¿Cree usted?

—Estoy seguro. ¿Dónde cree usted que se encuentre? ¿Recuerda usted?...

—De nada vale que yo la busque. Yo le aseguro que Geneviève y yo no estábamos citadas para vernos.

Y súbitamente asustada, añadió:

—Pero ¿no estará usted inquieto por ella? ¿No le ha ocurrido nada a Geneviève?

—No, nada.

Salió. Le había asaltado una idea. ¿Y si el barón Altenheim no estuviera en la villa Glycines? ¿Si la hora de la cita hubiera sido cambiada?

«Es preciso que yo lo vea —se dijo—. Es preciso a todo precio.»

Y corrió desordenadamente, sin compostura, indiferente a todo.

Pero al llegar frente a la portería recobró instantáneamente su sangre fría: había visto al subjefe de Seguridad, que hablaba en el jardín con los hermanos Doudeville. Si hubiera tenido su clarividencia habitual, hubiera sorprendido el ligero temblor que agitaba al señor Weber al acercarse a él, pero no vio nada.

—El señor Weber, ¿no es eso? —dijo Sernine.

—Sí... ¿A quién tengo el honor...?

—Soy el príncipe Sernine.

—¡Ah! Muy bien. El señor prefecto de policía me ha advertido del importante servicio que usted nos va a prestar, señor.

—Ese servicio solamente estará completo cuando yo haya entregado a los bandidos.

—Eso no tardará en ocurrir. Yo creo que uno de esos bandidos acaba de entrar... un hombre bastante fuerte, con un monóculo.

—En efecto, es el barón Altenheim. ¿Sus hombres ya están aquí, señor Weber?

—Sí, están ocultos en la carretera, a doscientos metros de distancia.

—Pues bien, señor Weber creo que podría usted reunirlos y conducirlos delante de esta portería. Desde aquí nosotros iremos hasta la villa. Yo llamaré. Como el barón Altenheim me conoce, supongo que abrirán la puerta y entraré... con usted.

—El plan es excelente —dijo Weber—. Vengo enseguida.

Salió del jardín y se fue por la carretera, por el lado opuesto de la villa Glycines.

Rápidamente, Sernine agarró del brazo a uno de los hermanos Doudeville, y le dijo:

—Corre detrás de él, Jacques... Entretenlo... el tiempo que yo permanezca en la villa Glycines... Y luego retrasa el asalto a la casa… lo máximo posible… inventa pretextos… Necesito diez minutos… Que rodeen la villa… pero que no entren. Y tú, Jean, ve a apostarte en el pabellón Hortense, a la salida del subterráneo. Si el barón pretende salir por allí, rómpele la cabeza.

Los Doudeville se alejaron. El príncipe se deslizó al exterior y corrió hasta la alta verja, blindada de hierro, que constituía la entrada de la villa Glycines.

¿Llamaría?

Alrededor no había nadie. De un salto se lanzó hacia la verja, y colocando un pie sobre la cerradura de la puerta y colgándose de las barras, izándose a fuerza de puños, con el riesgo de caer sobre la aguda punta de las barras, logró saltar por encima de la verja.

Había un patio de piedra, el cuál atravesó rápidamente, y subió la escalera de un peristilo de columnas sobre el cual daban las ventanas, que estaban todas cubiertas hasta los montantes de contraventanas completas.

Mientras reflexionaba sobre el medio de introducirse en la casa, la puerta fue entreabierta con un ruido de hierros que le recordó la puerta de la villa Dupont, y apareció Altenheim.

—Dígame, príncipe, ¿es así como usted penetra en las viviendas particulares? Me va usted a obligar a acudir a los gendarmes, querido.

Sernine le agarró por la garganta y le derribó sobre una banqueta, al propio tiempo que le decía:

—Geneviève… ¿Dónde está Geneviève? ¡Si tú no me dices lo que has hecho de ella, miserable…!

—Te ruego que te des cuenta de que me cortas la palabra —tartamudeó el barón.

Sernine le soltó, y dijo:

—Al grano… Y pronto… Responde… ¿Dónde está Geneviève?

—Hay una cosa —replicó el barón— que es mucho más urgente, sobre todo cuando se trata de hombres de nuestra especie, y es el estar como en nuestra propia casa…

Y cuidadosamente cerró la puerta, que reforzó con cerrojos. Luego llevó a Sernine al salón vecino, un salón sin muebles y sin cortinas y le dijo:

—Ahora me tienes a tu disposición. ¿En qué te puedo servir, príncipe?

—¡Geneviève!

—Se encuentra perfectamente.

—¡Ah! Entonces, ¿tú confiesas…?

—¡Diablos! Incluso te diré que tu imprudencia a ese respecto me ha asombrado. ¿Cómo no tomaste algunas precauciones? Era inevitable…

—¿Basta! ¿Dónde está ella?

—No procedes con educación.

—¿Dónde está ella?

—Entre cuatro muros, libre…

—¿Libre?

—Sí, libre para ir de un muro al otro.

—¿En la villa Dupont, sin duda? ¿En la prisión que tú imaginaste para Steinweg?

—¡Ah! Tú sabías… No, ella no está allí.

—Entonces, ¿dónde está? Habla, si no…

—Vamos, príncipe. ¿Crees que yo iba a ser lo suficiente tonto para entregarte el secreto merced al cual te tengo en mis manos? Tú quieres a la pequeña…

—¡Cállate! —gritó Sernine fuera de sí—. Te prohíbo…

—¡Y qué! ¿Acaso es una deshonra? A mí me gusta también mucho y he arriesgado bastante…

No acabó, intimidado por la cólera espantosa de Sernine, cólera contenida, silenciosa, que le desfiguraba las facciones.

Se miraron largo rato, cada uno de ellos buscando el

punto débil del adversario. Finalmente, avanzó, y con voz clara, como un hombre que amenaza más bien que propone un pacto, le dijo:

—Escúchame. ¿Recuerdas la oferta de asociación que tú me hiciste? El asunto Kesselbach para los dos… que trabajaríamos juntos y que partiríamos los beneficios… Yo la rechacé. Pero hoy la acepto…

—Es demasiado tarde.

—Espera. Acepto algo mejor todavía que eso: abandono el asunto… no me mezclo en nada más… todo será para ti. Incluso, si lo necesitas, te ayudaré.

—¿Y a condición de qué?

—Que me digas dónde se encuentra Geneviève.

El otro se encogió de hombros.

—Tú chocheas, Lupin. Y me da pena… a tu edad…

Se produjo una nueva y terrible pausa entre los dos enemigos.

El barón dijo con sorna:

—De todos modos, no deja de constituir un maldito placer, el verte lloriqueando y pidiendo limosna así. Escucha, me parece que el soldado raso está en vías de darle una lección a su general.

—Imbécil —murmuró Sernine.

—Príncipe, te enviaré mis padrinos esta noche… si estás todavía en este mundo.

—Imbécil —repitió Sernine con un infinito desprecio.

—¿Quieres mejor acabar de una vez? Como gustes, príncipe. Tu última hora ha llegado. Ya puedes encomendar tu alma a Dios. ¿Te ríes? Es un error. Tengo sobre ti una ventaja inmensa: si hay necesidad… mato…

—Imbécil —volvió a insistir Sernine, una vez más.

Y sacó el reloj. Miró la hora, y dijo:

—Son las dos, barón. No te quedan más que unos minutos. A las dos y cinco… las dos y diez lo más tardar…

el señor Weber y media docena de hombres corpulentos harán su entrada en tu guarida y te echarán la mano al pescuezo... No te rías tú tampoco. La salida por la que cuentas escapar ya está descubierta, yo la conozco, y está vigilada. Tú estás, por tanto, bien perdido. Lo que te espera es el patíbulo, amigo.

Altenheim estaba lívido. Balbució:

—¿Y tú has hecho eso?... ¿Tú has cometido la infamia?...

—La casa está cercada y el asalto es inminente. Habla y te salvo.

—¿Cómo?

—Los hombres que vigilan la salida del pabellón son míos. Si te doy una consigna para ellos estarás salvado.

Altenheim reflexionó unos segundos, pareció dudar, pero, de pronto, resuelto, declaró:

—Es una broma. No puedes haber sido tan tonto para meterte tú mismo en la boca del lobo.

—Olvidas a Geneviève. Sin ella, ¿crees, acaso, que yo estaría aquí? Habla.

—No.

—Sea. Esperemos —dijo Sernine— ¿Un cigarrillo?

—Con mucho gusto.

—¿Oyes? —dijo Sernine, después de unos instantes.

—Sí... sí... —respondió Altenheim, levantándose.

En la puerta de hierro sonaron fuertes golpes. Sernine manifestó:

—Ni siquiera hacen las advertencias habituales... ningún preliminar... ¿Continúas decidido?

—Más que nunca.

—¿Sabes que con los instrumentos que ellos poseen no hay para mucho tiempo?

—Estarían ya dentro de esta habitación y yo continuaría diciéndote que no.

La puerta de hierro cedió. Se oyó el rechinar de los goznes.

—Dejarse atrapar —insistió Sernine—, lo admito, pero que uno mismo tienda las manos para que le pongan las esposas, me parece idiota. Vamos, no seas tonto. Habla y huye.

—¿Y tú?

—Yo me quedo. ¿Qué tengo yo que temer?

—Mira.

El barón le señalaba una rendija de la contraventana. Sernine aplicó un ojo allí y retrocedió con un sobresalto.

—¡Ah, bandido! Tú también me has denunciado. No son diez hombres, son cincuenta, cien, doscientos hombres los que trae Weber…

El barón reía abiertamente, y dijo:

—Y si hay tantos, es que se trata de Lupin, evidentemente. Para mí bastaba con una media docena.

—¿Avisaste a la policía?

—Sí.

—¿Y qué prueba les diste?

—Tu nombre… Paul Sernine, es decir, Arsène Lupin.

—¿Y descubriste eso tú solo?… ¿Algo en que nadie había pensado?… ¡Vamos! Fue el otro, confiésalo.

Estaba mirando por la rendija de la contraventana. Nubes de agentes se distribuían en torno a la villa, y enseguida sonaron golpes en la puerta.

Mientras tanto era preciso pensar en la retirada, o bien en la ejecución del proyecto que él había imaginado. Pero el alejarse, aunque solo fuera un instante, era dejar a Altenheim solo. ¿Y quién podía asegurar que el barón no disponía de otro medio para escapar? Esta idea trastornó a Sernine. ¡El barón libre! ¡El barón dueño y señor de volver junto a Geneviève y torturarla!

Estaba maniatado, obligado a improvisar en un segundo un nuevo plan, y hacerlo, además, subordinando todo al peligro que corría Geneviève. Sernine pasó por un momento de indecisión atroz. Con sus ojos fijos sobre los ojos del barón, hubiera querido arrancarle su secreto y marcharse, y ya ni siquiera intentaba convencerle, de tal modo las palabras le parecían inútiles. Y, al propio tiempo que continuaba con sus reflexiones, se preguntaba cuáles podían ser las que se hiciese el barón, cuáles serían sus armas y cuáles sus esperanzas de salvación. La puerta del vestíbulo, aunque cerrada con fuertes cerrojos y blindada en hierro, comenzaba a ceder. Los dos hombres se hallaban inmóviles frente a esa puerta. Hasta ellos llegaban los ruidos de voces y el sentido de las palabras.

—Pareces muy seguro de ti mismo —dijo Sernine.

—¡Maldición! —exclamó el otro, echándole una zancadilla que le hizo caer y emprendiendo la fuga.

Sernine se levantó fulminantemente. Bajó la escalera grande, cruzó una pequeña puerta por la que Altenheim había desaparecido, y bajando a toda prisa los peldaños de piedra llegó hasta el sótano…

Un pasillo y una sala vasta y baja de techo, casi oscura. El barón estaba arrodillado, levantando el batiente de una trampa.

—¡Idiota! —le gritó Sernine, arrojándose sobre él—. Bien sabes que encontraremos a mis hombres al final del túnel, y tienen órdenes de matarte como un perro… A menos que… a menos que tengas una salida disimulada además de aquella… ¡Ah! ¡Maldita sea…! Ya he adivinado… y tú te imaginas…

La lucha era encarnizada. Altenheim, un verdadero coloso dotado de una musculatura excepcional, había agarrado por la cintura a su adversario, paralizándole los brazos y tratando de asfixiarle.

—Evidentemente… evidentemente… —articulaba Sernine con dificultad—. Evidentemente, está bien combinado… Mientras yo no pueda servirme de mis manos para romperte algo, tendrás la ventaja… Pero el caso es… que puedas…

Tuvo un estremecimiento. La trampa que se había vuelto a cerrar y sobre cuyo batiente descargaba todo el peso de ambos combatientes, parecía moverse por debajo de ellos. Se sentían los esfuerzos que desde abajo alguien hacía para levantarla, y el barón debía sentirlos también, pues trataba desesperadamente de apartar de allí el terreno de combate para que la trampa pudiera ser abierta.

«Es el otro —pensó Sernine con el espanto enloquecedor que le causaba aquel ser misterioso—. Es el otro… Si consigue pasar estoy perdido.»

Por medio de ademanes insensibles, Altenheim había conseguido desplazarse y trataba de arrastrar de allí a su adversario. Pero este se enganchaba con sus piernas a las piernas del barón, al propio tiempo que pegado a su piel se las ingeniaba para desprender una de sus manos.

Por encima de ellos sonaron grandes golpes, como golpes de ariete. «Dispongo de cinco minutos —pensó Sernine—. Dentro de un minuto es preciso que este mocetón…»

Y luego, con voz fuerte, dijo:

—Cuidado, hijo mío. Agárrate bien.

Y pegando las rodillas una a la otra con una energía increíble, le echó una llave. El barón lanzó un aullido. Le había torcido una pierna.

Entonces, Sernine, aprovechando el sufrimiento de su adversario hizo un esfuerzo, desprendió y libertó su mano derecha y le agarró por la garganta.

—¡Magnífico! Así ya estamos mucho mejor, a nuestra conveniencia… No, no te molestes en buscar tu cuchillo… porque si no, te estrangulo como a un pollo. Ya ves, yo guardo las formas… No aprieto demasiado… solo lo necesario para que ni siquiera tengas ganas de moverte.

Y al propio tiempo que hablaba, sacó del bolsillo una cuerda muy fina y, con una sola mano y extrema habilidad, le ató las muñecas. Ya sin respiración, el barón no oponía resistencia alguna. Con unos cuantos movimientos precisos, Sernine le amarró sólidamente.

—¡Qué formalito eres! ¡Qué felicidad! Ya no te reconozco. Mira, para el caso de que intentaras escaparte, aquí hay un rollo de alambre, con el que voy a completar mi trabajito… Primero, las muñecas… Y ahora, los tobillos… Ya está… Santo Dios, qué amables eres…

El barón se había repuesto poco a poco. Tartamudeó:

—Si no me dejas libre, Geneviève morirá.

—¿De veras?… ¿Y eso cómo?… Explícate.

—Ella está encerrada y nadie sabe dónde. Suprimido yo, morirá de hambre… como Steinweg.

Sernine se estremeció, y dijo:

—Sí, pero tú hablarás.

—Jamás.

—Sí, tú hablarás. No ahora, porque es demasiado tarde, pero sí esta noche.

Se inclinó sobre él y en voz muy baja, al oído, le dijo:

—Escucha, Altenheim, y compréndeme bien. Dentro de un poco vas a ser apresado. Esta noche dormirás en la prisión central. Esto es fatal, irrevocable. Yo mismo no puedo ya cambiar eso. Y mañana te llevarán a la Santé, y más tarde ¿sabes dónde?… Pues bien, te doy todavía una oportunidad para salvarte. Esta noche, entiendes, esta noche entraré en tu celda, en la prisión central, y tú me dirás dónde está Geneviève. Dos horas después, si no has mentido, estarás en libertad. Si no… entonces es que no tienes mucho aprecio a tu cabeza.

El otro no respondió. Sernine se incorporó y, escuchó. De arriba llegaba el eco de un gran estrépito. La puerta de entrada cedía. Unos pasos martillearon las baldosas del vestíbulo y el suelo de madera del salón. El señor Weber y sus hombres estaban entregados a la busca.

—Adiós, barón, reflexiona hasta esta noche. La celda es una buena consejera.

Empujó el cuerpo de su prisionero a fin de dejar expedita la trampa y levantó esta. Cual esperaba, ya no había nadie allí abajo en los peldaños de la escalera.

Bajó, teniendo cuidado de dejar la trampa abierta detrás de él, como si hubiera tenido la intención de regresar.

Había veinte peldaños y luego abajo de todo aparecía el comienzo del pasillo que el señor Lenormand y Gourel habían recorrido en sentido inverso.

Echó a andar por él y lanzó un grito. Le había parecido adivinar la presencia de alguien.

Encendió su linterna de bolsillo. El pasillo estaba abierto.

Entonces preparó su revólver, y dijo en voz alta:

—Tanto peor para ti… Yo haré fuego…

Ninguna respuesta. Ningún ruido.

«Fue una ilusión, sin duda —pensó—. Ese individuo me obsesiona. Vamos. Si quiero tener éxito y alcanzar la puerta necesito apresurarme… El agujero en el cual puse el paquete con la ropa no está lejos. Tomaré el paquete y la jugada quedará hecha… ¡Y qué jugada! Una de los mejores de Lupin…»

Encontró la puerta que estaba abierta e inmediatamente se detuvo. A la derecha había una excavación: era la que el señor Lenormand había hecho para escapar al agua que subía.

Se agachó y proyectó la luz de la linterna sobre la abertura.

«¡Oh —se dijo con un estremecimiento—. No, no es posible… Es Doudeville, que habrá empujado el paquete más allá.»

Pero buscó inútilmente en las tinieblas. El paquete ya no estaba allí y no dudó que había sido aquel ser misterioso quien lo había robado.

«¡Qué pena! ¡La cosa estaba tan bien preparada! La aventura tomaba de nuevo su curso normal y yo llegaba al objetivo con mayor seguridad... Y ahora se trata de escapar lo más rápido... Doudeville está en el pabellón... Mi retirada está asegurada... Nada de bromas... tengo que apresurarme y poner las cosas en orden... si es posible... Y después, ya me ocuparé de él... ¡Ah! Que se cuide de mis garras ese...»

Pero una exclamación de estupor se le escapó. Estaba llegando a la otra puerta, y esta puerta, la última antes del pabellón, estaba cerrada. Se arrojó contra ella, pero ¿para qué? ¿Qué podía hacer?

—Esta vez —murmuró— estoy bien perdido.

Y dominado por una especie de laxitud, se sentó. Tenía la sensación de su debilidad frente a aquel ser misterioso. Altenheim no tenía ninguna importancia Pero el otro, aquel personaje de las tinieblas y del silencio, el otro le dominaba, trastornaba todas sus combinaciones y le agotaba con sus ataques arteros e infernales.

Estaba vencido.

Weber le encontraría allí, como una bestia acorralada en el fondo de la caverna.

II

—¡Ah! ¡No, no! —dijo él, irguiéndose con un impulso—. Si solo se tratara de mí, quizá... pero está Geneviève... Geneviève, a quien hay que salvar esta noche... Después de todo, nada se ha perdido... Si el otro se ha eclipsado hace un rato, es que existe una segunda salida en estos lugares. Vamos, vamos. Weber y su banda todavía no me tienen en sus manos.

Estaba ya explorando el túnel y, linterna en mano, estudiaba los ladrillos de que estaban formadas las paredes, cuando hasta él llegó un grito horrible, abominable, que le hizo estremecerse de angustia.

El grito provenía del lado de la trampa. Y de pronto recordó que había dejado esa trampa abierta cuando tuvo la intención de volver a subir a la villa Glycines. Se apresuró a regresar y cruzó la primera puerta. En el camino, apagada la linterna, sintió un rumor extraño... alguien que rozaba el suelo con sus rodillas, alguien que se escurría a lo largo del muro. E inmediatamente tuvo la impresión de que aquel ser desaparecía, se desvanecía sin saber por dónde. En ese instante tropezó con un peldaño.

«Aquí está la salida —pensó—. La segunda salida por donde pasa él.»

Arriba volvió a sonar el grito que antes había escuchado, pero ahora más débil, seguido de gemidos, de estertores... Subió la escalera corriendo, desembocó en la sala baja y se precipitó sobre el barón. Altenheim agonizaba con la garganta ensangrentada. Sus ligaduras estaban cortadas, pero los alambres que sujetaban sus puños y sus tobillos continuaban intactos. No pudiendo liberarle, su cómplice le había degollado.

Sernine contemplaba con espanto aquel espectáculo. Le corría por el cuerpo un sudor helado. Pensaba en Geneviève prisionera, sin auxilio, pues el barón era el único que conocía el lugar donde estaba encarcelada.

Oyó claramente que los agentes abrían la pequeña puerta falsa del vestíbulo. Y claramente también los oyó que bajaban la escalera de servicio. Ya no estaba separado de ellos más que por una puerta de la sala baja donde se encontraba. Le echó a esta el cerrojo en el mismo momento en que los investigadores empuñaban la manilla. La trampa estaba abierta a su lado… Era la única salvación posible, pues quedaba todavía la segunda salida.

«No —se dijo—. Primero, Geneviève. Después, si tengo tiempo, ya pensaré en mí…»

Y arrodillándose, colocó la mano sobre el pecho del barón. El corazón palpitaba todavía. Se inclinó más, y le dijo:

—Me oyes, ¿no es así?

Los párpados se movieron débilmente.

Había aún un soplo de vida en el moribundo. ¿De aquella semejanza de existencia se podría obtener algo?

La puerta, última trinchera, fue atacada por los agentes. Sernine murmuró:

—Yo te salvaré… Tengo remedios infalibles… Solamente una palabra… ¿Geneviève?…

Se hubiera dicho que esa palabra de esperanza le daba fuerzas. Altenheim trató de decir algo.

—Responde —exigía Sernine—. Responde y yo te salvo… Es la vida hoy… la libertad mañana… ¡Responde!

La puerta temblaba bajo los golpes.

El barón pronunció unas sílabas ininteligibles. Inclinado sobre él, turbado, con toda su energía y su voluntad tensas, Sernine jadeaba de angustia. Los agentes, su captura inevitable, la cárcel… en eso ni siquiera pensaba… pero, Geneviève… Geneviève, muriendo de hambre y a la que una palabra de aquel miserable, podía salvar…

—Responde… es preciso…

Ordenaba, suplicaba. Altenheim, como hipnotizado, vencido por aquella autoridad indomable, tartamudeó:

—Ri… Rivoli…

—La calle de Rivoli ¿no es eso? Tú la encerraste en una casa de esa calle… ¿Qué número?

Se escuchaba un gran estrépito… aullidos de triunfo… la puerta había sido derribada.

—Saltadle encima —gritó el señor Weber—. ¡Apresadle! ¡Apresadlos a los dos!

—El número… responde… Si la quieres, responde. ¿Por qué has de callarte ahora?

—Veint… Veintisiete —suspiró el barón.

Unas manos cayeron sobre Sernine. Diez revólveres le apuntaban. Hizo frente a los agentes que retrocedieron con temor instintivo.

—Si te mueves, Lupin —gritó el señor Weber empuñando su arma—, disparo.

—No dispare —dijo Sernine gravemente—. Es inútil, me rindo.

—¡Cuentos! Es un truco más de los tuyos…

—No —dijo Sernine— La batalla está perdida. No tiene derecho a disparar. Yo no me defiendo.

Sacó dos revólveres, los mostró y los arrojó al suelo.

—¡Cuentos! —volvió a decir Weber, implacable—. Directo al corazón, muchachos. Al menor ademán, fuego. A la menor palabra, fuego.

Diez hombres estaban allí. Puso de guardia quince. Y dirigía los quince brazos contra el blanco. Y rabioso, temblando de alegría y de temor, rechinaba:

—¡Al corazón! ¡A la cabeza! ¡Y nada de compasión! Si se mueve, si habla… fuego a bocajarro.

Con las manos en los bolsillos, impasible, Sernine sonreía. A dos centímetros de sus sienes la muerte le acechaba. Los dedos estaban crispados sobre los gatillos.

—¡Ah! —dijo con sarcasmo el señor Weber—. Da gusto ver esto… Y me imagino que esta vez hemos ganado la partida y de mala manera para ti, Lupin.

Hizo abrir las contraventanas de un ancho respiradero, por donde la claridad del día penetró bruscamente, y se volvió hacia Altenheim. Pero, con gran asombro suyo, el barón, a quien creía muerto, abrió los ojos, dos ojos tiernos, espantosos, poblados ya de la nada.

Miró al señor Weber. Luego pareció buscar con la mirada, y habiendo divisado a Sernine tuvo una convulsión de cólera. Se hubiera dicho que se despertaba de su torpor, y que su odio, reanimado súbitamente, le proporcionaba una parte de sus fuerzas.

Se apoyó sobre sus puños e intentó hablar.

—Tú le reconoces, ¿eh? —dijo el señor Weber.

—Sí.

—Es Lupin, ¿verdad?

—Sí… Lupin…

Sernine, siempre sonriente, escuchaba.

—Santo Dios, cuánto me divierto —dijo.

—¿Tienes más cosas que decir? —preguntó el señor Weber, viendo los labios del barón agitarse desesperadamente.

—Sí.

—¿A propósito del señor Lenormand, quizá?

—Sí.

—¿Lo tienes encerrado? ¿Dónde? Responde…

Con todas sus fuerzas, con su mirada tensa, Altenheim señaló hacia un armario en un rincón de la sala.

—Allí… allí —dijo él.

El señor Weber lo abrió. Sobre una de las estanterías había un paquete envuelto en sarga negra. Lo desenvolvió y encontró un sombrero una pequeña caja, ropa… Se estremeció. Había reconocido la levita del señor Lenormand.

—¡Ah, los miserables! —gritó—. ¡Le han asesinado!

—No —dijo Altenheim con una señal.

—¿Entonces?

—Es él… él…

—¿Cómo él?… ¿Es Lupin quien ha matado al jefe?

—No.

Con una tremenda obstinación, Altenheim se aferraba a la vida, ávido de hablar y de acusar. El secreto que quería revelar lo tenía en la punta de sus labios, pero no podía, no sabía traducirlo a palabras.

—Veamos —insistió el subjefe de Seguridad—. ¿El señor Lenormand está realmente muerto, por tanto?

—No.

—¿Vive?

—No.

—Entonces, no comprendo... Veamos... ¿y esa ropa? ¿Esa levita?

Altenheim volvió los ojos hacia Sernine. Una idea iluminó al señor Weber.

—¡Ah, ya comprendo! Lupin había robado la ropa del señor Lenormand y contaba servirse de ellas para escapar.

—Sí... Sí...

—No estaba mal —exclamó el subjefe de Seguridad—. Es un golpe muy de su estilo. En esta habitación hubiéramos encontrado a Lupin disfrazado de señor Lenormand, encadenado sin duda. Era la salvación para él... Solamente que no tuvo tiempo. Es verdaderamente eso, ¿no es así?

—Sí... Sí...

Pero en la mirada del agonizante, el señor Weber adivinó que había algo más y que el secreto no era, en absoluto, ese. Entonces, ¿cuál sería? ¿Cuál era el indescifrable enigma que el agonizante quería revelar antes de morir? Le interrogó:

—Y el señor Lenormand, ¿dónde está?

—Aquí.

—¿Cómo aquí?

—Sí.

—Sin embargo, solo estamos nosotros en esta habitación.

—Hay… Hay…

—Pero habla… Habla de una vez…

—Hay… Ser… Sernine…

—Sernine… Sí… ¿Qué?

—Sernine… Lenormand…

El señor Weber botó. Una luz súbita le iluminó.

—No, no, eso no es posible —murmuró—. Es una locura.

Observó a su prisionero. Sernine parecía divertirse mucho y asistir a aquella escena como un aficionado que goza de ella y que bien quisiera conocer el desenlace.

Agotado, Altenheim había caído de nuevo a lo largo. ¿Moriría antes de haber dado la clave del enigma que planteaban sus oscuras palabras? El señor Weber, sacudido por una hipótesis absurda, inverosímil, que contra su voluntad le perseguía encarnizadamente, se lanzó de nuevo sobre el moribundo, diciéndole:

—Explícanos… ¿Qué hay bajo todo eso?… ¿Qué misterio…?

El otro no pareció comprender, inerte, con los ojos fijos. El señor Weber se tendió en el suelo al lado de él, y pronunció sus palabras claramente, de modo que cada sílaba penetrara en el propio fondo de aquella alma que ya estaba ahogándose en las sombras.

—Escucha… He comprendido bien, ¿no es eso? Que Lupin y el señor Lenormand…

Necesitó realizar un esfuerzo para continuar, de tal modo la frase le parecía monstruosa. Sin embargo, los ojos tiernos del barón parecían contemplarle con angustia. Palpitante de emoción, cual si pronunciara una blasfemia, terminó:

—Es eso, ¿no es verdad? ¿Estás seguro? ¿Los dos no son más que uno?

Los ojos ya no se movían. Un hilo de sangre asomaba en el ángulo de la boca… Dos o tres hipos… Una convul sión suprema. Y eso fue todo. En la sala baja, repleta de gente, se produjo un largo silencio. Casi todos los agentes que guardaban a Sernine, se habían vuelto, y estupefactos, sin comprender, o negándose a comprender, escuchaban todavía la increíble acusación que el bandido no había podido formular.

El señor Weber tomó la caja encontrada en el paquete de sarga negra y la abrió. Contenía una peluca gris, unas gafas con montura plateada, una bufanda color marrón, y, en un doble fondo, recipientes de maquillaje y una cajita con menudos bucles de pelo gris... en una palabra, todos los elementos necesarios para componer la cabeza exacta del señor Lenormand.

Se acercó a Sernine, y después de contemplarle por unos momentos sin decir nada, pensativo, reconstruyendo en la mente todas las fases de la aventura, murmuró:

—Entonces, ¿es verdad?

Sernine, que no se había desprendido de su calma, replicó:

—La hipótesis no carece de elegancia ni de audacia. Pero, ante todo, dígale a sus hombres que me dejen en paz con sus juguetes.

—Sea —aceptó el señor Weber, haciéndole una señal a sus hombres—. Y ahora responde.

—¿A qué?

—¿Eres tú el señor Lenormand?

—Sí.

De todas partes brotaron exclamaciones. Jean Doudeville, que se encontraba allí mientras su hermano vigilaba la salida secreta... el propio cómplice de Sernine, le miraba con asombro. El señor Weber, sofocado, se mantenía indeciso.

—Eso le desconcierta a usted, ¿eh? —dijo Sernine—. Confieso que es bastante divertido... Dios Santo, lo que usted me ha hecho reír algunas veces cuando trabajábamos juntos, usted y yo, el jefe y el subjefe… Y lo más gracioso es que usted lo creía muerto a ese valiente señor Lenormand… muerto como ese pobre de Gourel. Pero no, no, amigo mío, el buen hombre vivía todavía.

Señaló hacia el cadáver de Altenheim.

—Mire, es ese bandido el que me tiró al agua, metido en un saco y con un adoquín atado a la cintura… Solamente que olvidaron quitarme mi navaja… Y con una navaja se cortan los sacos y las cuerdas. Eso fue lo que ocurrió, desgraciado Altenheim… Si hubieras pensado en eso, no estarías donde estás…

El señor Weber escuchaba, no sabiendo qué pensar. Finalmente, hizo un gesto de desesperación, como si renunciara a formarse una opinión razonable.

—Las esposas —dijo súbitamente alarmado.

—¿Eso es todo lo que se le ocurre? —dijo Sernine—. Carece usted de imaginación… En fin, si eso le divierte… —terminó Sernine. Y viendo a Doudeville en la primera fila le tendió las manos.

—Anda, amigo. Para ti ese honor, y no vale la pena de reventarse… Yo juego con franqueza… porque no hay medio de hacerlo de otro modo.

Dijo eso en un tono que le hizo comprender a Doudeville que la lucha se había acabado por el momento y que no quedaba más que someterse. Doudeville le puso las esposas. Sin mover los labios, sin una contracción del rostro, Sernine le susurró: «27, calle Rivoli… Geneviève».

El señor Weber no pudo contener un movimiento de satisfacción a la vista de aquel espectáculo.

—¡En marcha! —dijo—. A la Dirección de Seguridad.

—Eso es, a la Dirección de Seguridad —exclamó Sernine—. El señor Lenormand va a encerrar a Arsène Lupin, el cual va a encerrar al príncipe Sernine.

—Tienes demasiado humor, Lupin.

—Es verdad, Weber nosotros no podemos entendernos.

Durante el trayecto en el automóvil, escoltado por otros tres cargados de agentes, no dijo una sola palabra. No hicieron más que penetrar en la Dirección de Seguridad. El señor Weber, recordando las fugas organizadas por Lupin, le hizo subir inmediatamente al departamento de antropometría, y luego le llevó a la prisión central, desde donde le trasladaron a la Santé.

Avisado por teléfono, el director esperaba. Los trámites del encarcelamiento y el paso por la habitación donde se practicaba el registro de la ropa de los prisioneros fueron rápidos.

A las siete de la noche, el príncipe Paul Sernine traspasaba el umbral de la puerta de la celda 14, segunda división.

—No está mal su vivienda… nada mal, en absoluto —declaró el director—. Luz eléctrica, calefacción central, cuarto de baño… En resumen, todas las comodidades modernas… Perfecto, estamos de acuerdo… Señor director, con el mayor placer alquilo este apartamento.

Se arrojó completamente vestido sobre la cama.

—¡Ah!, señor director, tengo que hacerle un pequeño ruego.

—¿Cuál?

—Que no me traigan mi chocolate mañana por la mañana antes de las diez… me caigo de sueño.

Y se volvió de cara a la pared.

Cinco minutos después, dormía profundamente.

Sobre el autor

MAURICE LEBLANC (1864-1941) creó Arsène Lupin en 1905 como protagonista de un cuento para una revista francesa. Leblanc nació en Ruan (Francia), pero empezó su carrera literaria en París. Había estudiado Derecho, trabajaba en la empresa familiar y había escrito algunos libros de poco éxito cuando Lupin se convirtió en uno de los personajes más célebres de la literatura policíaca. Es un ladrón de guante blanco, culto y seductor, que roba a los malos. Es el protagonista de veinte novelas y relatos y sus aventuras lo han convertido también en héroe de películas y series para televisión. Para muchos, las historias de Arsène Lupin son la versión francesa de Sherlock Holmes.